41歳からの哲学

池田晶子

PHILOSOPHY
FOR 41 YEARS OLD AND OVER
AKIKO IKEDA

新潮社

41歳からの哲学

目次

第一章　平和な時でも人は死ぬ　7
なぜ人は死を恐れるか――戦争
死にたいのか、死にたくないのか――人間の盾
カリスマが言ったから――正義
ミサイル、それがどうした――北朝鮮
死に方上手とは――テロ
プライドはあったのか――フセイン
何かのために死ねるのか――自衛隊
他人事の最たるもの――国際政治
わかったようでわからない言葉――自己責任

第二章　いったい人は、何のために何をしているのか　35
先のことはわからない。だからどうした？――生命保険
～かもしれない。で、どうした？――再び生命保険
昔はよかった？――景気
誰と出会うつもりなの――出会い系サイト
人間なんぞ、たかが虫ケラ――大地震
どこまで馬鹿になりたいの――テレビ
存在しているのは常に今だけ――時間
「よのなか科」だと!?――教育
「考えている暇などない」だと!?――情報化社会
食べなきゃいい――食の安全
その一言のお値段は――携帯電話
金にならないのは当たり前――大学
最初から自由である――言論
活字離れは誰の問題――読書
やっぱり欲しい――年金
やっぱり要らない――再び年金

第三章　考えることに終わりはない　85

バカの壁を突破する――脳
夢の安楽死病院――老い
権利など必要ない――医者と患者
百歳まで生きるとしたら――死
損か得かの問題なのか――少子化
命は自然に委ねるもの――医療過誤
生きてみなければわからない――遺伝子
ボケた者勝ち――痴呆
人生を渡るための舟――健康
アンチエイジでサルになる――老い
今さらどうして生命倫理――クローン

第四章　なぜ人を殺してはいけないのか　119

死は現実にはあり得ない――自殺
死ねば楽になれるのか！――再び自殺
死ぬときは一人である――ネット心中
「死ぬ」ことの意味がわかっていない――少年犯罪
何を言っているのかわからない――再び少年犯罪
さて大人はどう答えるか――善悪
一人でさっさと死ねばいい――宅間守
何を信じていたのか――オウム
虐待するなら子供を作るな――親

第五章　信じなくても救われる　147

わからないということが、
わかっていない——あの世とこの世

死んだらどうなる——墓

再び、死んだらどうなる——葬式

弔うとおっしゃるけれど——霊

なんと自在でいい加減——神道

信じてはいけません——宗教

当たり前とは何であるか——再び宗教

悲しみを恐れて愛することを控えるか——愛犬

あの忠実さ、あの善良さ、そして情けなさ——再び、愛犬

あとがき——175

41歳からの哲学

第一章

平和な時でも人は死ぬ

とりあえず戦争は終わるのらしい。

とりあえず平和になるのらしい。

この平和がとりあえずのものだということは、しかし誰にもわかっていて、それで人は次なる戦争を恐れることになるのだけれども、この、戦争を恐れるということはそもそもどういうことなのか、たまには考えるということをしてみたい。

戦争を恐れるということは、それを恐れる人にとっては、多く、死を恐れるということである。自分の死であれ家族の死であれ、全く知らない人の死であれ、とにかく人が死ぬということを恐れているのである。

なるほど生物であるところの我々は、本能的に死を恐れるけれども、生物でありながら他の生物と異なるところは、どういうわけか、その本能的な事柄について考えるという機能をもってしまっているところで、したがって、本能的に恐れているところの死についても、考える。死ぬとはどういうことなのか。

気がついてみると、驚くべき当たり前のことなのだが、この世に存在しているのは、すべて生きている人である。死んだ人はこの世には存在していない。生きている人だけが存在しているのである。したがって、死ぬとはどういうことなのか、知りたくても聞ける人がいない。そして、生きている人は、生きているということしか知らない。ゆえに、人は、生きている限り、死ぬとはどういうことなのか、知る術はないのである。

知る術がない、それが何だかわからないものについて、恐れることができないのは道理である。それが何だかわからないものだから恐れるのだというのが、まあ普通ではある。しかし、恐れるという態度をとることができるということは、それを恐れるべきものだとやはり知っていることになる。かく考えればわかることなのだが、人は考えることをしないで本能的に恐れたままでいるから、死にたくないために戦争したり、逆に美化して観念のために死んだりするわけである。したがって、戦争の抑止力ということなら、死について各人が考えて気がつく以上のものはないのである。

各人が、と言ったところで、各国大統領や某国主席に、そうすぐには無理である。そうこうするうちに、次の戦争は遠からず始まるのかもしれない。なんて呑気なことを言っていられるのは、平和ボケした日本人だからかというと、しかしそれはそうではない。

なるほど戦争では大勢の人が死ぬけれども、平和の時でも人は死ぬ。交通事故や脳卒中で、しょっちゅう人は死んでいる。生まれた限り、人は必ず死ぬものであり、人の死亡率は一律に百パーセントである。この絶対確実平等的事実の側からみれば、いつどこでどのように死ぬかは偶然、平たく言えば、運である。

我々は、たまたま、運よく、平和の時代を長く享受できていたという、それだけのことではなかろうか。なるほど、日本もこれから戦争に無縁ではなくなるのかもしれないけれども、歴史とはそういうものではなかろうか。自分だけは別だ、別のはずだったと思うのは、自分にだけは死ぬということはないと思うのと、同じところの無理なのである。

だからと言って、これは、絶望的になるということともちょっと違う。自分が死ぬということを知って絶望的になるとは、死ぬとはどういうことなのか知っていることになるからである。しかし、生きている我々は、死ぬとはどういうことなのか、知っているはずがないのであった。あるいは、ひょっとしたら、死ぬということは、生きていることより希望的なことであったとしたら、どうだろう。人類の歴史は、根底からひっくり返るであろう。

人は、現実とは、生きるか死ぬかのことであると思っている。だから、こんな話は空想的非現実だと思いがちだけれども、しかし本当は逆なのである。人がそれを現実だと思う生きるか死ぬか、まさにその生きるか死ぬかの何であるかの話をしているのだからである。

（平成十五年五月一・八日特大号）

＊平成十五年三月二十日、米英軍が大規模空爆を開始し、イラク戦争が勃発。三週間でバグダッドを制圧し、事実上フセイン政権が崩壊した。

死にたいのか、死にたくないのか——人間の盾

人間の盾という人々は、死にたかったのだろうか、死にたくなかったのだろうか。聞くところによれば、それで戦争が止められると、本気で思っていたようだから、だとすると、死ぬつもりは最初からなかったということになる。あるいは、仮に止められずに死んだとしても、反戦の思いを貫いて死ぬのだから本望だと、そんなところだったのかもしれない。

何か自分の思いのために死ぬ、観念のために命を捨てるというのは、全生物のうちで、人間にのみ可能な行動様式である。他の生物は、間違ってもそんなことをしない。それは、彼らが観念をもたないからというよりも、人間が観念としての死をもつからである。難しい話ではない。現実に生きているわれわれは、現実に死んではいないのだから、現実に生きているわれわれにとっての死とは、現実ではなくて必ず観念であるという、当たり前の話である。

しかし、人は多く、死は観念ではなくて現実だと思っている。これはなぜかと言うと、現実に人は死ぬからである。人が死ぬのを見るからである。しかし、よく考えてみると、死ぬのは常に他人である。現実に自分が死ぬという経験をする時には、自分はいないの

だから、自分の死というものは現実にはあり得なくて、やはり観念なのである。死はどこまでも観念、観念でしかないのである。

観念とは、この意味では、ないものをあると思い込むことである。自分の死は現実にはないのに、あると観念で思い込むから、それをもって別に思い込んだ観念に殉じる、殉じて死ぬという芸当も可能になるわけである。他の生物を見てみればよくわかる。死についての観念など持ち合わせてはいないから、何ひとつ無駄なことをしやしない。完全に現実的な人生である。

こう言うと叱られるかもしれないけど、反戦という観念に殉じて死のうとした人々は、愛国という観念のために自爆して死んだ人々と、その心性としては同じである。どちらも、自分ひとりで思い込んだ観念によって、現実に対抗できると思い込んでいるのである。しかし、自分ひとりで思い込んだ観念は、自分ひとりで完結しているのだから、そんなことは無理に決まっている。現実とは、大勢の人の観念によって成立しているものだからである。

人間の盾にせよ、自爆テロにせよ、死をもってすれば何とかなると思って何かをする人々を見ると、真面目にやれ、と私は言いたくなる。あんた、本気でやる気あるの、と。彼らは、それら自分ひとりで思い込んだ観念は、自分ひとりのものではなくて、大勢の人にとっても正しい観念、すなわち理想だと思っているはずである。だからこそ、それを人に示すという行動に出ているはずである。しかし、それがわれわれすべてにとっての正しい理想であると、もし本当に思っているなら、それを現実にする努力をするべきではないだろうか。観念を現実に広く知らしめる努力をである。

言うまでもないが、努力は、生きていなければすることはできない。死んでしまったら努力することはできない。この理由によって、生き続けて理想を現実化する努力をしようとしないあれらの人々の行動を見ると、無責任だ、信用できないと、私は感じるのである。

自分の思い込みのために死ぬなんてのは、その意味では、最も安直な方法である。思い込んだ人なら誰にでもできる。人間は思い込みの動物だからである。しかし、思い込みとは、右に述べたように、早い話が勘違いなのだから、パッションにまかせて、力いっぱい思い込まれた勘違いは、周囲の人々の迷惑になること必至なのである。

かくも人間という生物においては、すべてが転倒しているのである。転倒の支点は観念にある。観念を観念と見抜き、まっすぐに現実に立つためには、人は、考えるということを、たまにはした方がよいのである。

（平成十五年五月十五日号）

＊「人間の盾」は元々、九〇年の湾岸危機の際、米英軍に空爆などをさせないようにするために、イラク政府が捕虜や人質を攻撃目標施設に収容したことがはじまりだが、欧米の平和活動家たちはこれを逆手に取り、自ら「人間の盾」になることで、衝突や軍による暴力を止めようとしている。イラク戦争の際には、バグダッドに世界中から三百人余りが集結した（うち日本人は十数名）。

カリスマが言ったから――正義

その後、サダム・フセインの生死は不明らしい。ビン・ラディンも、その所在を未だ追求されているが、ああいったカリスマ的な人々の場合は、その生死の如何がとにかく重大事なのである。これはなぜなのか。

イラク側の戦況が危うくなった時、バグダッド市内に、突如として大統領が現われた。笑顔で子供を抱き上げる映像が流されたけれども、影武者だとの話である。彼には影武者が何人もいたらしい。ヒゲを生やしてベレー帽をかぶれば、あっちの人はなんかみんな同じような顔になるから、そんなに難しいことではないのだろう。

人々は、フセインが、我らがカリスマが、そこにいる、「生きて」いるというそのことだけで、いいのである。そのことが大事なのである。彼が我らの正義だからである。彼にもそのことがよくわかっている。だからこそ、そのような術策も可能なわけである。

ところで、それなら、そのカリスマ、正義のカリスマの替え玉が、何かの拍子でふと気が変わり、逆の正義を主張し始めたなら、どうであろう。つまり、私はこれまで間違えていた、これまでの正義を撤回する、戦争はもうやめると、言い出すのである。人々はどうするだろうか。

ほぼ間違いなく、人々は、替え玉が唱える新たな正義に従《つ》いてゆくはずである。カリスマというのは、間違えることがないからカリスマなのだから、カリスマが間違えることなどあり得ないからである。要するに、人々は、あくまでもカリスマとしての「その人」に従いて行っているのであって、決してその「考え」に従いて行っているわけではない。その人が言うのなら、考えの中身なんぞ、どうだっていいのである。その人が言うのだから、それは絶対に正義であるに決まっているからである。

ところで、これをアメリカの場合で考えてみたら、どうだろう。アメリカはカリスマの国ではなく自由の国だから、そんなことはないかというと、案外そうでもない。もしも、あの大統領、正義の戦争を強行したあのブッシュ大統領というのは、何かの理由ですでに死んでいて、あれはその影武者であったとしたら、どうであろう。それを知った時、人々の胸のうちで動くものは、何か。

おそらく、我々は誰に従いて行ったのかという、心もとない思いのはずである。全体のリーダーとしての彼、その考えに我々は従いて行ったはずなのだが、それは「彼の」考えではなかったという。では、我々は、いったい「何に」従いて行ったのか。

普通に人々が思っている「正義」というのは、だいたいにおいて、この類である。誰がそれを言ったかということが正義なのであって、その考えそれ自体の正義なのではない。考えそれ自体の正義というのは、言うまでもなく、考えなければ知ることはできない。この理由によって、自らものを考えることをしない人々は、考えの出自や出典を、常に気にするのである。ちょっと前までは、マルクスが言ったからすべては正義だったではないか。

だからと言って、だから絶対的正義など「ない」というのでもない。それを「ない」と言うのは、やはり正義を他人の正義と思っているからでしかない。しかし、自分の正義は、自分で考えて知るより他はないのである。と言うと、自分の正義と他人の正義がぶつかれば喧嘩になるではないかと言う。それなら、その「自分」とは何か、とくと考えてみるがよろし。「自分だけの正義」などというものが、「正義」すなわち「正しい」ということの意味として、はたして、正しいか、どうか。

ところで、自分の正義を主張することで死刑になったソクラテスは、それによって哲学のカリスマとなったけれども、よく考えると、これも変である。自ら考えることをしないからこそ、人はカリスマを欲するのであれば、哲学すなわち自ら考えることのカリスマとは、これ如何に。

（平成十五年五月二十二日号）

ミサイル、それがどうした——北朝鮮

北朝鮮が怒っている。ミサイルが飛んでくるかもしれない。

それがどうした。

反射的にそう思ってしまうのは、半分は体質のせいかもしれないが、半分は、考えても確かにそうなるからである。

私はもともと命根性が薄い。生きても死んでも大差ないと思っている。それは、実際に、生きても死んでも大差ないからであるが、言ってみれば、いつも何か地球を天空から見下ろしているような感じなのである。ここから見ると、自分の人生も人類の命運も、宇宙生成の一コマみたいにしか見えないのである。

いや、「みたいにしか」と言うと、高みの見物のようである。なんか他人事のようである。しかし事態はまったく逆なのだから、この言い方は誤解を招くかもしれない。生きているのは確かにこの自分なのだから、むろんそれは他人事ではあり得ない。のだが、その「生きている」とか「自分である」とかは、ではどういうことなのかと考え始めると、生死の大差ない宇宙みたいなものに確かになってしまうのだから、そう言うしかないのである。

だから、その意味では、他人事であることなど何ひとつない。宇宙万有、人類の全命運が、その意味での自分みたいなもんであろう。妄想のように聞こえるかもしれないが、しかし実際にそうなのである。生きているうちに気がつくか、死んでから気がつくかの違いにすぎない。大差ない。気がついてしまえば、こんなにラクなことはない。が、こんなに困ることも、たぶんない。なんで地球人類はこの宇宙に存在しているのかということを、自分のこととして考えざるを得なくなるからである。

イラク戦争の折に、ネット上で反戦の声を上げた若者たちを扱った番組を観た。うーん、そういうことではないんだなあ。痒くなるような感じがした。気持ちはわからなくはないのだが、ものの考え方が、最初から的をはずしているのである。同じ時代に、同じ地球上で、戦争が起こっているというのに、何もできない自分に無力感を覚える。と、彼らは言っていた。

ナニ、心配しなくてもいいって。まもなく他人事ではなくなるって、いずれミサイルが飛んでくるって。

意地悪でなく、私はそう思った。つまり彼らは、無力感を覚えるというまさにそのことによって、戦争を他人事だと思っているのである。自分のことではないと思っているのである。しかし、戦争が起こっているこの地球のこの時代を生きているのは、まさしくこの自分である。なんで他人事みたいに無力感など覚えていられるものだろうか。

戦争を子供に教えるために、といった意見も聞かれたが、これも変である。戦争を生きている人は、戦争は生きるしかない。そんなものを教えて教えられると思っているのは、戦争を他人事だと思っている人だけである。最後には、反戦の声など無力だという自嘲ともなっていたが、これは仕方ない。声すなわち言葉というのは、こういった考えを伴って、初めて力となるものだからである。

そんなふうに考えると、人というのは案外に呑気なもんである。何もできない自分に無力感を覚えるほどに、暇なのである。自分の人生を他人事みたいに生きているから、そういうことになるのである。

で、北朝鮮からミサイルが飛んでくるかもしれない。

それがどうした。

やっぱり私はそう思ってしまう。ミサイルが飛んでくるからと言って、これまでの生き方や考え方が変わるわけでもない。生きても死んでも大差ない。歴史は戦争の繰返しである。人はそんなものに負けてもよいし、勝った者だってありはしない。自分の人生を全うするという以外に、人生の意味などあるだろうか。

地球人類が滅びたとしても、そんなのは誰のせいでもない。この一蓮托生感というのは、なかなかイイものである。自分は別だと思うのをやめるだけのことである。

（平成十五年七月三日号）

＊北朝鮮の核開発疑惑が強まり、日本政府はアジアの安全保障の見地から、平成十五年六月、有事関連三法を可決。米国も北朝鮮を強く非難した。北朝鮮は「日本は戦時法まで備えた危険な国家」と警戒。

死に方上手とは――テロ

アルカイダが、東京の中心部にテロを仕掛けると声明を出したそうだ。

折しも、国民保護法制が、成立するとかしないとか。

いよいよ本格的に戦時色が濃くなってきた。ひょっとしたら、これは大変なことなのかもしれない。

など言いながら、私はいつもと同じように茶などすすっている。そんなこと言ったって、いきなりミサイルを飛ばされたり、爆弾抱えて突っ込まれたりした日には、どうしようもないではないか。お互いに気をつけましょうね、という話でもないのだし。

どうも私は生まれつき、言うところの「危機管理意識」というのが、致命的に脱落している。生まれた限りは死ぬまでは生きているもので、どうしてそうなのかわからないのでもあれば、生きても死んでも大差ないではないか。基本的にそう思っているので、生きるため生き残るためにどうこうするという発想が、どうしても出てこない。死ぬ時には、死ぬものですから。

と言ってこれは、「しょせん死ぬものだから」ということとは違う。「しょせん」と言う限りは、死ぬよりも生きる方がよいことだと、暗黙に前提されている。しかし、どうしてそんなことがわかるだろう。生きている限り、生きている方が死ぬよりよいことなのかどうか、わかりっこない。だからどっちでもいいのではないかと言っているのである。あるいは、ひょっとしたら、死ぬことの方が生きることよりもよかったとしたら、どうする。死ぬのを恐れて生きているのは、大間違いかもしれないではないか。

ゆえに、生まれた限りは死ぬものだというこの絶対的事実の前には、いつどこでどのように死ぬかという「死に方」のあれこれなども、実はどうでもいいということになる。どんなふうに死ぬのであれ、死ぬという事実には変わりはない。人は、自殺以外は自らの死に方は選べない。それなら、こんなふうに死にたい、あんなふうに死にたくない、そんなふうに死に方に心を煩わせるのは、生きている時間の無駄遣いということになる。究極の死に方上手というのは、死に方なんぞ知ったことかという死に方であるに違いない。

まあ万事がそんなふうなので、テロだ有事だと言ったところで、同じこの人生の時間ではないかと、やっぱり思ってしまう。たまたまこれまで、平和な国で平和な時代を生きてきたというだけのことだ。人生いろいろあるもので、しょせんはこの世のことなのである。

この場合の「しょせん」というのは、この世よりもあの世の方がよいと知っているという意味ではやはりない。私がそんなことを知るわけがない。ゆえにこれは、この世のことどもは、本質的な事柄にとっては、しょせん現象であるという、そういう意味である。ではその本質的な事柄とは何かと言えば、それがさっきから言っている、他でもない生死の問題である。生きているとはどういうことか、死ぬとはどういうことなのか、この世で生き死ぬ我々にとって、これより本質的な事柄がはたしてあろうか。

おそらく読者は、私が煙に巻いているのではないかと思うだろう。決してそんなことはない。私は事実を正確に述べている。しかし、事実を正確に述べると、煙に巻いているように確かになってしまうのだから、これは私のせいではない。私だって、自分で自分を煙に巻きながら生きているのである。

で、アルカイダと有事法制だが、それはそれでやはり大変なことなのかもしれない。科学は進歩するけれども、人間はちっとも進歩しない。テロも戦争も、これを起こすものは、数千年来、人間の観念である。人間は観念の動物だから、これは仕方ないと言えば仕方ない。しかし、観念をもつゆえに、動物ではない人間なのでもある。もうそろそろ、少しくらいは進歩したい。観念を観念だと見抜けるくらいの現実性は身につけたい。世の中も、人生も、少しはましになるはずですから。

（平成十五年十二月十一日号）

＊平成十五年十一月十六日、国際テロ組織アルカイダを名乗る組織が、「（日本人が自国の）経済力を破壊し、アラー（神）の軍隊に踏みつぶされたいのであれば、イラクに（自衛隊を）送ればよい。我々の攻撃は東京の中心部に達しよう」と、東京への攻撃を警告する声明をアラビア語の週刊誌などに届けた。

プライドはあったのか――フセイン

フセインの捕まり方には、世界中が笑った。漫画にしたところで、あのように絵に描いたようには描けまい。

笑わなかった人々は、おそらくは、幻滅した。なぜ独裁者らしく、潔く自刃しなかったのか。

共通するのは、いかにも彼はみっともない、恥ずかしいという思いである。あのような仕方で捕えられてなお、生き延びる理由などあるものか。あのような仕方で生き延びることを指して、我々は、「生き恥をさらす」と言う。

生き恥をさらすよりは、死を選ぶ。これはひとつの美学である。日本の武士道の根底にはこれがあり、日本人はとくにこれに共感する部分が多い。私なども、若年の頃はそうだった。人生には、ゼロと1しかないのである。潔いということが、美しいということなのである。そうでなければ、どのようにして人生に美学など求めたものか。

ところで、美学というからには、それはひとつの観念であろう。人生そのものではなくて、人生についての観念、平たく言えば、思い込みである。人生は美しくあら「ねばならない」、死に方は潔くあら「ねばならない」という、誰が強いているわけでもないのに、自分で勝手に思い込んでいるだけの思い込みなのである。人生は、その人がそう思い込んでいるまさにそのように生きられるものだから、人生そのものがそのようであるように思えるのだが、本当はそうではない。人生は、生まれたから死ぬまで生きているという、たんにそれだけのことだからである。美しいもみっともないも、本来は、ないのである。

年齢と経験を経るにつれ、そういうことがわかってくる。生き恥をさらすというが、「恥」というのも、またひとつの観念であろう。誰が誰に対して恥を感じているのか。他人に対して恥ずかしいというのが、通常の恥の観念である。しかし、ちょっと考えると、これは何ら問題ではないとわかる。生きているのは自分だからである。自分の人生は、自分の生きたいように生きればよい。他人にどう見られるかが、なぜ問題か。

問題は、自分に対する恥である。自分が自分に恥ずかしいと感じる、これが本当の恥である。なるほどこれも、観念といえば観念ではある。しかし、この観念に従って、自分に恥ずかしいと感じることを見抜いてゆくと、人は確かにある種の真実に達するのだから、これは観念というより、一種の自然であろう。「お天道さんに恥じない」と言う時の、あの「天」である。

この言い方が適切かわからないが、そのような仕方で自分に恥じない、それを「プライド」と呼んでみる。他人に恥じるのではなく、自分に恥じない。これが本当のプライドである。「本当」の根拠は天にある。天に恥じないことをしているから、他人にどう見られるかは問題ではないのである。

したがって、もしその人のプライドが本物なら、なんだってできるはずである。自分がしたいことのためなら、なんだってできる。他人や世間からは、あんな恥ずかしいことをして、と笑われようが、知ったことではない。

もしフセインのプライドが本物なら、なお自分がしたいことのために、とりあえずあのような仕方で捕まったのかもしれない。それがアメリカによる宣伝工作であることも承知、敵に命乞いすることもまた、いつかその敵を倒すためだ。死ぬことなんぞ、いつでもできる。まず生きているのでなければ、プライドを賭けてしたいことも、できないではないか。この時の問題は、そも、あの男がそれほどのタマなのかということである。

ちなみに、「生き恥をさらす」と対になるのは、「死後に名を残す」であろう。死後に名を残す、すなわち死後の名誉など、プライドがあるなら、どうでもいいのでなかろうか。死んだ後のことには関係しようがないからではない。生きて事を為すことの方が、よほど大事で大変だからである。生きていることの方がはるかに大変なのは、それが生きるの死ぬのの問題ではもうないからである。

（平成十六年一月二十九日号）

何かのために死ねるのか――自衛隊

自衛隊員は、死にに行くのではない。仕事をしに行くのである。ただその仕事というのが、他の仕事より危険が伴うものだから、そこが議論を呼ぶところなのだろう。自衛隊員たち自身はどうなのだろう。たぶん自分たちは死にに行くとは思ってはいるまいけれど、ひょっとしたら死ぬかもしれないということについて、どんなふうに納得しているものだろうか。

国のために死ぬ。
国民のために死ぬ。
世界平和のために死ぬ。
家族妻子のために死ぬ。
政治家のメンツのせいで死ぬ。

最後のものだけは原因というべきものだが、あとのものは目的である。自分が死ぬということを納得するための目的、時にはこれを大義名分と言ったりもする。

人は、自分が死ぬということについて、常にその目的を求める。目的を求めない場合でも、理由は求める。なんで私が死ななけりゃならないの。それは運命だからだ、という具合である。目的か理由がなければ、人は自分が死ぬということを、どうしても納得できないのである。

しかし、人が自分を納得させるために求める目的や理由は、本当のところ、本当なのだろうか。たとえば、先の戦争では、大勢の人が国のためという目的を本当だと思って死んだ。しかし、そんなのは本当ではなかったということは、気の毒だけれども、明らかである。そも「国」というものが、人間の観念、すなわち思い込みが作り上げている幻想だからではない。何かの「ために」死ぬ、すなわち死に目的を求めるということ自体が、これはもう人間の性《さが》と言っていい、恐ろしく強力な思い込みだからである。

考えてもみたい。我々、何かのために死ぬということは、はたしてできることなのだろうか。何かのために生きることはできる。国のために生きる、平和のために生きる、自分が望むことのために生きる。たとえそれが思い込みであれ、人はその思い込みのために生きることはできるのである。

しかし、思い込みのために、それを果たすことを目的として、人は死ぬことはできない。なぜなら、それが果たされる時、それを果たされたとする主体が存在しないからである。死は、あれやこれやの目的と同じ地平には存在していない。死というものは、そも、この世には存在していないのである。存在していないものを手段として目的を果たすことが、はたしてできるものだろうか。

彼は国のために死んだ、というのは、他人が勝手に言うことであって、本人がそれを言うことはできない。死ぬ時、本人はいないからである。いや言うことはできる。言うことができないからこそ、言うことができるのである。人は、自身の死については決して言及することができないからこそ、人は自身の死について、飽くなき意味づけを行なうのである。要するに、何をどのように言っても、それはそう思っているだけだということである。

自衛隊の人々の仕事は、ひょっとしたら死ぬかもしれない危険な仕事である。しかし、そのことを納得するに際して、何かのために死ぬと言うことは、文法的に不可能である。もし文法的に正しく、事態について述べるなら、何かのために生きると言うべきだろう。国のために生き、平和のために生き、全人類のために生きるのだと。たぶんその方が、気持だって元気になる。

いずれ人が生きるためには、思い込みが必要である。生存に観念を必要としないのは動物だけであって、人間はどこまでも観念の動物である。存在しない死を、観念として所有してしまったからである。生存するために生存しているのだと述べたところで、すでにひとつの観念である。なんだかわからないけれども、生存しているから生存している。私はそんなふうにして、この不可解な生存を納得することにしている。

（平成十六年二月五日号）

＊平成十五年十二月九日、自衛隊がイラクへ派遣されることが決定し、全国各地で反対運動が起きた。

他人事の最たるもの——国際政治

桜のことを書こうと思って筆をとったら、開け放した窓から、春風に乗って、「同期の桜」が聞こえてきた。右翼の街宣車である。さては彼らも、この陽気に誘われて、そぞろ街中へ出かけたくなったのかしらん。「桜のように散りましょう。国のために死にましょう」と歌いながら、それはまた春風に乗って遠ざかって行った。

きょうびの右翼は、何に対して怒っているのか、よく知らない。闘争目標がない政治活動というのも、やりにくいのではなかろうか。国の安全を侵しにくるものと言えば、今やアメリカでもソビエトでもなくて、アルカイダである。神出鬼没のテロ組織である。爆弾を抱えて敵陣に突っ込むという精神構造は、まさしく同期の桜である。だとすると、あんがい彼らは彼らに対して、親近感を覚えているのでなかろうか。けれどそれも、その闘争目標が鬼畜米英に限られているぶんにはよかったが、わが国まで一緒くたにされるのは困る。しかし自衛隊を軍隊にしろと言ってきた手前、今さら派遣するなとも言えない。しかしテロ組織が相手では、普通に戦争するわけにもゆかない。そういう苦しいところなのだろうか。

毎月送られてくるオピニオン誌など見ても、論者たちは何をどうしたいと思っているのか、できると思って怒っているのか、よくわからない。どことどこがくっつくと、どこにとって有利だとか不利だとか、そういう事柄を自分のこととして熱くなるということが、どうしても私にはできないのである。

そもそもイラクなど、地球の裏側の遠い国、言われなければその存在すら知らないはずの無関係な国である。なのに、なんでそんなところへ日本人が、世界平和のためにわざわざ出かけてゆく必要がある。根本的なところで私は理解できていない。派遣の是非以前である。なぜ人は自分の国のことだけをしていてはいけないのか。なぜよその国のことまで気にしなければならないのか。

地球が丸いということを発見してしまったことが、人類の間違いである。地球は丸くて、すべての国は、ひとつの地球の上にある。この事実を発見してしまったから、人はよその国のことも自分の国のことのように気にするようになった。遠出して戦争をしかけたり、占領して植民地にしてみたり、その裏返しで、その地の平和を気にしたりである。こういうことは、全く無駄な労力である。地球が平らで、よその国があるなんてことも知らずにいれば、人は自分の国で自分のことだけをしていればよかったのである。世界平和だなんて余計なことは、考える必要もなかったのである。

しかし、それを進歩と信じた交通手段や通信手段の発達で、今や地上はごった煮状態である。八百万の神々の国の首都で、コーランの民が自爆したとて、それは今や宗教戦争というわけでもない。何が何してこうなったのやら、どこが悪くて誰のせいやら、そういう理屈を追ってゆくこと自体が、私にはとても面倒くさい。

しょせんこの世のことだもの。そういう時、いつも私はそう思う。政治的信条など、カケラも所有していない。人間がいて、それぞれの利害得失で、あれこれを画策している限り、世界情勢はどこまでも移り変わる。移り変わる情勢に柔軟に対応すると言えば聞こえはいいが、たいていは迎合しているわけである。迎合を迎合と拒んで、信条の一貫性を保とうとすれば、アナクロニズムになる。素知らぬ顔して左のものを右に移し変えても、やっぱり同じ、この世の地平のことである。

いつも他人事みたいなこと言って、と叱られる。しかしじっさい国際政治など、他人事の最たるものである。たとえそれが自分がテロに遭って死ぬことであっても、やっぱり同じである。生きるの死ぬのということは、まさしくこの世のことである。満開の桜を眺めながら、はっきりと私はそう感じるのである。


（平成十六年四月十五日号）

わかったようでわからない言葉——自己責任

イラクで人質になった人々は、助けてほしかったのだろうか。ひょっとしたら、助けてほしくはなかったのではなかろうか。

新聞や雑誌は、ざっとしか見ないので、詳しくは知らない。この点について、当事者たちの何らかの発言があったものだろうか。

「助けてくれとは頼まなかった。自己責任で行ったのだから」

こう発言したなら、政府ならびに日本の人々は、どう答えたものだろう。国民の生命を守るのは国家の義務だと、人は思っている。しかし、自分の命は自分の責任で守る、だから国家は私にその義務を果たさなくてもよい。こう考える人だって、中にはいるはずである。こういう人に対しても、国家はなおその義務を果たすべきなのだろうか。

じっさい、あの人たち自身、人間には命よりも大事なものがあると思ったから、ああいった危険な場所へ、わざわざ出かけて行ったはずである。それは、恵まれない子供に愛を教えることであり、あるいは戦場の真実を報道により伝えることであった。愛と真実とは、命よりも大事なものである。そう思わなければ、なんでわざわざ命を賭けて、人はそのような行為をするものだろうか。

だから、その意味では、確かに彼らは自己責任で事を行なったのである。だからそのために死ぬこともまた、当然自己責任である。それは、そう自覚する者にとっては、不本意なことではない、本意なことであったはずなのである。

なのに、周囲がそれを認めてくれなかった。彼らの自己責任を全うさせてくれなかったのである。なぜか。彼らが日本国民だったからだ。日本国に帰属する日本国民だったから、日本国政府により、意に反して救出されてしまったのである。

このことは何を意味するか。人は、自己責任を全うするためには、国家に帰属していてはならない、何国人であってもならないということである。そんなことは不可能だと、人は言うだろう。むろんである。人は生きている限り、必ず何らかの共同体に帰属せざるを得ない。何国人でもない、誰でもないというのは、この世で他人と生きる限り不可能なのである。ゆえに、人は自己責任を全うすることなどできはしない。自分にも他人にもできないことは、要求するべきではないのである。

そもそも、この「自己責任」という、わかったようでわからない言葉は何であるか。自分の責任で行なえということなら、アルカイダだって自分の責任で行なっている。自爆テロなどその最たる例で、自己責任とは覚悟のことだと、端的に理解される。「覚悟」、すなわち生きるか死ぬかで生きている者など、現代日本にどれほどいるものだろう。その意味では、日本は、やはりよい国なのである。間違った思い込みに命を賭けて死んだって、しょうがないからである。

解放された人質は、イラクでの仕事を続けたいと語ったそうである。もしその覚悟が本物なら、当然そう言うはずである。あるいは、それは自分の「使命」と思っているのかもしれない。しかし、誰もその人にその命を下していないのであれば、使命もまた一種の思い込み、自分がそう思いたいから思っていることである。文字通りの自己責任である。

「責任」という言葉の語感が、悪いのである。他人や自分を責める時に使われる。さんざん聞くのが、「責任をとって辞めます」。しかし、本当に責任をとるのなら、責任をとって、続けるべきではないのか。逃げることは責任をとることの正反対である。

要するに、誰も責任などとりたくないのである。自分で自分の責任をとって生きるのなどイヤなのである。だから他人に責任を要求する。自己責任をとらない人ほど、自己責任を要求する。しかし、そんなことは、やっぱり不可能なのである。他人にそれを要求したところで、生きるのは自分でしかないからである。「責任」とは、「生きる」ということ以外の何であるか。

（平成十六年五月二十日号）

＊平成十六年四月七日、イラクで日本人三人が人質となった。犯行グループは自衛隊撤退を求めたが、十五日、「イラク・ムスリム・ウラマー協会」の説得に応じ、人質は無事解放された。

第二章

いったい人は、何のために何をしているのか

先のことはわからない。だからどうした？——生命保険

生命保険という思想、あれはいったい何なのだろう。

そもそも「保険」というものの考え方が、いつ頃成立したのか知らないが、実に深く人性に根ざしたものであると思う。個々人の人生観というものも、あれを踏み絵に大別できるのではないか。

人生には、いろんなことが起きる。先のことは、わからない。

これは、すべての人が認める当たり前であろう。ところが、この当たり前に対する態度によって、人はふたつに分かれるのである。すなわち、先のことはわからないのだから、心配しない。というのと、先のことはわからないのだから、心配だ、というのと。

私の場合だと、完全に前者である。どうしてか生まれつき、そういうものの考え方しか、どうしてもできないのである。「生活設計」という言葉の意味が、よくわからない。ものごころついて、世の人がそういうものを所有し、それに基いて生きているらしいということを知った時の、当惑。なんで人はそんなふうに生きられるのだろう。

へえっ、いくつで結婚、いくつで出産、老後のことまで心配してるんだって、へえええっ。

彼我の懸隔に驚きつつ、この歳まで変わらずに生きてしまった。当然、「保険」という思想のことなど、もっとわからない。国民健康保険というのは、勝手に取っていかれるから、勝手にしてあるだけで、そうでなければ、そんなものに自ら入るわけがない。死んだら死んだで、よいではないか。

国民年金というあれも、何ですか。どういったものなのか、全く認識していないのだが、老後の心配を、国がしてくれるということなんですか。私はちっとも心配していないのですけど、それでも払わなくちゃいけないんですか。

先頃亡くなった愛犬は、病気ばかりしていた。動物医療は、もー馬鹿みたいに高いので、さすがにその時は、犬の保険があればいいなとは思ったが、自分のために保険に入るという発想が、致命的に私にはできない。先のことはわからないのだから、わからないことを心配して、生きていけるはずがないではないか。大事なものを失くすことを恐れていては、とても怖くて生きていけないではないか。

ところで、普通の人にとって一番大事なものは、生命であろう。火災保険、盗難保険、人はいろんな大事なものを失くすことを恐れて保険をかける。しかし、それらはすべて、命あっての物種である。一番大事なものは、生命である。

ところが、大事なもののうちで、一番大事な生命にかける保険が、他の保険と異なるところは、この保険のみが受取人が自分ではないというところにある。ここに私は、たまらない妙味を覚える。失くなることは絶対確実なのだから、かけ損ということは絶対にない。自分が受取れたらどんなによかろう。そう思う人も、あるいはいるかもしれない。しかし、保険金が入る時には、自分はいない。一番大事なものは金には換えられないということの、端的な証左であろう。

したがって当然、生命保険とは、自分のためではなくて、家族のためのものである。残された家族が不自由しないようにと、人はそれを憂えているのである。人は、自分が死んだあとのことまで、憂えるものなのである。人の世においては、死は、自分の問題ではなくて、あくまでも残された者の問題だということだ。生命保険は、この人性の情と弱点を、正しく知っている。

けれども、考えてみたい。自分が死んだあとのことを憂えるというのは、いったいどういうことなのか。

死んだら自分はいなくなるというのが、生命保険という思想の大前提のはずである。それなら、いない自分が、なんで憂えることができるものだろうか。憂えたくても、憂えるためにいなければならない自分がいないのである。いない自分が、自分がいなくなった世界のことを憂えることなど、できるわけがないではないか。生命保険は、哲学的には、完全に無理な思想なのである。

（平成十五年七月二十四日号）

～かもしれない。で、どうした？――再び生命保険

　個人の遺伝情報を収集する国家的プロジェクトが始まっているそうだ。文部科学省が医療機関等に協力を頼んで、三十万人分集めることを目指している。遺伝情報とは、つまり、遺伝子解析によって知られる病気の情報である。その人がどんな病気になるのか、その病気の遺伝子の有無によって知ることができる。ゆえにそれは究極の個人情報なのだと、テレビでは言っていた。

　目的は、新薬や治療法の開発なのだが、問題は、その個人情報が漏れることにある。癌やアルツハイマーなど厄介な病気の遺伝子をもっていると知られると、さまざまな場面で差別が起こる。就職や結婚その他に障ることが予想される。ゆえにそれは厳重に管理されなければならない、とのことだ。

　しかし、その病気の治療法を開発することとは、イコール、差別を確立することではないかと、まずここで言いたくなる。遺伝子操作することで、好ましくないものを排除するとは、すでにしてそういうことではないか。遺伝子操作で体を好きにデザインできるようになれば、誰もがカッコいい白色人種になりたがるかもしれない。今や我々は、そういう収拾のつかない領域に踏み込んでいるのだが、この話の続きはまた後の章で。

番組では、癌の遺伝子をもつために差別され、生命保険を解約された人の外国での例を紹介していた。

保険という思想が、私にはよくわからないということは、以前にも書いた。先のことはわからないのだから、わからないことを心配していては、生きてゆけないではないか。けれども、多くは反対である。先のことは、わからないのだから心配だ。心配だから、生きてはゆけない。人性のこの弱点に、保険という思想が忍び込む。騙されたつもりで、今一度この思想を点検してみたい。

人が保険に加入するのは、先のことがわからないからである。癌になるかもしれない、寝たきりになるかもしれない。しかしそれは、あくまでも「かもしれない」であって、なるかもしれないし、ならないかもしれない。この「かもしれない」というわからなさに、人は保険料を払い、保険会社はこれを受取る。保険とは、わからないことに掛けるものだということが、お互いの前提なのである。生命保険は、いつか必ず死ぬというわかっていることに掛けるもののように見えるが、いつ死ぬかはやはりわからない。そのいつであるかのわからなさにこそ、生命保険は成立している。いずれにせよ、わからなさなしには、保険という思想はあり得ないはずなのである。

ところで、ある人は、癌の遺伝子をもっていることがわかった。その人は、癌の遺伝子をもたない人より、癌になる確率は統計的に高い。しかし、なるかならないかは、やはり生きてみなければわからない。あるいは、癌になっても、すぐに死ぬかもしれないし、死なずに生きるかもしれない。それもわからない。にもかかわらず、保険会社は、それらわからないことをすべて、遺伝子によりわかったこととみなして、加入を拒否した。それは、わからなさを大前提とする自らの思想を、自ら否定したということではなかろうか。

それなら、加入する側は、そんなものを保険だとは認めまい。ましてや、遺伝子解析の目的は、そも治療法の開発にある。治療法が開発されれば、保険料は下がるはずである。いかなる病気でも引き受けますという保険があれば、人はそちらへ流れ、遺伝子差別するような会社は、やがて潰れるのではなかろうか。

保険とは、お互いが、いつ死ぬかというわからなさに賭ける一種の博打だというのなら、私のような者でも納得できる。博打には博打の腹の括り方というものがあろう。博打に統計をもち込むのは、姑息であるか、野暮である。

科学技術とは、わからないことをわかったと思わせる一種の詐術である。しかし、人生は、わからないから生きられるのである。

（平成十五年十一月六日号）

＊ヒトの全遺伝情報（ゲノム）を構成する約三十億個の塩基のうち、個人間で塩基の種類が一つだけ異なる場所は約三百万カ所あるとされる。一塩基多型（SNP）と呼ばれ、病気へのかかりやすさや、薬の副作用につながっているとみられる。平成十五年十月、SNPを解析して医療へ応用するため、国内八機関、三十七病院が参加し、がん患者など三十万人から血液や病気などの情報を集める遺伝子バンク・プロジェクトが始まった。

昔はよかった？――景気

先日、何気なくテレビを観ていたら、西城秀樹という歌手が出ている。へえ、こういう人がまだ現役なんだ、歌謡界というのも、あんがい変わらないものなんだな。と思って、番組欄を見てみると、なんてことはない、「思い出のメロディー」である。「懐メロ」である。

私はテレビは、天気予報と、それに続くその日のニュース以外は、ほとんど観ないので、それ以外のことを、ほとんど知らない。が、西城秀樹という人は、確か三十年ほど前に活躍していた人、私が中学生の頃にアイドルだった人だということくらいはわかる。そういう人が、懐メロになったのは、当たり前といえば、当たり前である。が、懐メロといえば、私がその中学生だった頃に、東海林太郎だとか藤山一郎だとかが歌っているのを、父親が熱心に観ていたものである。そう思うと、歌って踊るヤングアイドル西城さんの人生には、大変なものがある。なんでも、御本人も、脳梗塞からの復帰後、初めての出演だとか。ああいう人に、歳をとるとか、時代が移るとかいうことについて、どう感じるものか、訊いてみたい気もする。

で、珍しく懐メロなんか聴いていて、気をつけてみると、その手のものが、この頃多い。

八〇年代バブルの頃が如何によかったかとか、その頃の青春が懐しいなあとか、まあ要するに、完全に後ろ向きなのである。このところの日本社会がこんなふうなので、よけいにそんな気持になるようである。

しかし、景気のよい時代に、自分の青春が遭遇したのは、たまたまのことである。それは、自分が凄かったのでも自分が偉かったのでもない。たまさかの僥倖なのである。たんなる現象である。たんなる現象をたんなる現象だと認識していないから、景気が悪くなれば、自分も終わりのような気持になる。しかし、景気がよかろうが悪かろうが、自分が自分であるということには、何ら変わりはないではないか。

私は、八〇年代後半が景気のよい時代であるということを、実は全然知らなかった。景気なんてものに関心をもったことが、未だかつてないのである。なんでそんなものと、自分が生きるということが、関係があるのか。どう生きるかを図るより、生きているとはどういうことかを考える方が、順序としては先ではないか。

その頃もやっぱり、そんなことばかりを、ひたすら考えていた。だから九〇年代になって景気が悪くなった（らしい）が、それと一緒に人々が萎えてゆくのが、理解できない。世の現象に自分が左右される理由がないからである。

おそらく、多くの人は、人生の価値を生活の安定に求めているのだろう。「先が見えない不安」とは、人々の口癖である。しかし、人生の先が見えないのは、当たり前のことである。そんなのは今に始まったことではない。人は、生まれた限り、死ぬものであり、その間にいろんな目に遭う。それが人生というものである。そうでしょう?

同じ昔を回顧するなら、いっそ、戦争の時代にまで遡ってみるといい。不安であろうが、不満を垂れようが、人はその戦争の時代を生きるしかないのである。四の五の言ってる余地はないのである。明日の命は知れないどころか、明日の命は確実にないと知れている人だって、いたわけである。それは私だったかもしれない。いや確かにそれは私だった。そんなふうに思えば、戦争の時代に生まれずに、平和の時代に生まれたのは、やはり、たまさかの僥倖である。景気が悪いくらいのことで、なんで萎えてなんかいられますかね。

人生の価値は、生活の安定や生命の保証にあると思っていると、そのこと自体で、人は萎えてくるように思う。倒産から脳梗塞まで、人生にはいろいろあるのが当たり前だからである。むろん、それはそれで本当に大変なことである。けれども、そんな大変なことどもを、どれだけ萎えずに生き抜くことができたか、それこそが人生の価値なのだ。そう思っていた方が、逆に生き易いような気がする。

(平成十五年九月四日号)

誰と出会うつもりなの――出会い系サイト

「出会い系サイト」というのは、いったい何ですか。

私は、携帯もパソコンも所有していないので、その手のことを、全く知らない。所有していないのは、とくに拒絶しているわけではなくて、たんに必要がないからである。出不精のため、家から出ないので、電話は家にあるので事足りる。仕事の資料集めにパソコンは必要かというと、そんなこともない。頭ひとつで足りることしか書いてないからである。ついでに言うと、原稿ですら、未だに手書きである。ワープロとパソコンが違う物品であるということを、わりと最近まで知らなかった。よく今まで生きて来られましたねと感嘆されることもあるが、これもたまさかの僥倖であろう。

で、なにその、メールっていうんですか、ああいうのって、何がそんなにいいんですか。

適宜用件を入れておくと、適宜相手に伝わるというのがいいらしい。なるほどそれは便利なことではあるが、必ずしも必要なことではない。ビジネスのためには必要だというのは、わからなくはない。しかし、ビジネスは自分の人生にとってどのように必要なのかを、たまには考えてみるのもよろし。経済効率を至上とする文明における、自分の生き死にの意味について。

で、そういったビジネス以外の場面での、通信手段の発達が、また別の問題を生むようである。つまり、ガラクタに等しい情報群の、無制限垂れ流し。熟考する前に、すぐに言いたがるという傾向。すなわち、あれらが人をいかに痴呆化しているかということについての恐るべき無自覚。

「出会い系サイト」なるものは、知らない人と簡単に知り合えるというのが、いいらしい。私には、この、知らない人と知り合いたいという欲求が、理解できない。なるほど人と知り合うということは、人生の大きな楽しみ、成長の糧である。そういう出会いは貴重である。しかし、誰か私と出会ってと闇雲に呼びかけて、いきなりそんな人と出会えるわけがない。いずれ互いに下心がある。需給関係は成立している。私は、人間によって為されるこのような行動生態を見るにつけ、いったい他にすることはないのかと言いたくなる。

経済効率第一主義と対になるのは、情欲獣欲第一主義である。なんと貧しい我々の文明。文明など知ったことか。居直ってもダメである。空しいのはあなたである。

出会い系にせよ、ネットチャットにせよ、なぜ人は、さほどにまで他人を必要とするものだろうか。「人とつながりたい」「自分を認めてもらいたい」というのが、ハマる人々の言い分である。しかし、自分を認めるために他人に認めてもらう必要はない。空しい自分が空しいままに、空しい他人とつながって、なんで空しくないことがあるだろうか。人は、他人と出会うよりも先に、まず自分と出会っていなければならないのである。まず自分と確かに出会っているのでなければ、他人と本当に出会うことなどできないのである。

　見も知らない人と、愚にもつかない話をするよりも、得体の知れない人と、無体なセックスをするよりも、独りでいる方がいい。独りで自分と話している方が、はるかに豊かである。それを知らないのは、楽しみや喜びというのは、全部外界にあるものだ、外界から与えられるものだと、深く思い込んでいるからである。家に引きこもって、パソコンだけで人とつながっている人とて同じである。他人によらなければ、自分の存在理由《レーゾン・デートル》が見出せないのである。

　しかし、そんなことはないのである。たとえばこの、自分の存在理由とは何かと、考えているだけでも、日がな一日退屈しない。じつに充実した時間が過ごせるのである。存在理由がありやなしやが問題なのではない。そんな問題など最初からないと看破することですら、心地よい解放である。快楽である。他人の存在など必要ない。お金は一円もかからない。こんなに手軽で安上がりな人生の楽しみ方は、他にはないのである。

（平成十五年九月十一日号）

人間なんぞ、たかが虫ケラ――大地震

あちこちで地震が起こっている。富士が活動を始めているという噂も聞く。とすると、これはいよいよ東京に大地震がくるかもしれない。

と言われても、そこで暮らしている我々には、基本的にはどうしようもない。ということが、私には、えも言われず愉快である。

考えてもみたい。我々、IT革命だのバイオ技術だの、人類の英知と科学技術をもってすれば、為し得ないことなどないかの勢いで突進している。あれらをもってすれば、人類の未来はバラ色だと信じているのである。しかし、地震、これは言うまでもなく自然現象であるが、この自然現象の前には、そんなもの、完全に無力である。なんにもできない。打つ手はない。どころか、コンピューターも高層ビルも、粉々に壊れて砕け散る。東京シティは灰燼に帰するのである。

いや地震だけではない。噴火も津波も、台風だって本来はそうである。あれらどでかい自然の出来事にとっては、地表でチョロチョロうごめいているだけの生身の人間なんぞ、虫ケラにも等しいのである。じつに哀れな生物なのである。

なのに、その哀れな生物どもは、何を勘違いしてか、自分たちを地球の王者だと思っ

ている。自然は科学の力により統御可能だと豪語している。それなら、科学の力により、地震が起こるのを阻止してみよ。そんなことは不可能に決まっている。地球という惑星は、虫ケラの思惑など知ったことか、数十億年来その必然によって動いているのだからである。科学にできるのは、せいぜいが、それを予知することだけである。

そして、科学がそれを予知しても、我々にできるのは、結局は逃げることだけだというのが、また笑いを誘う。「逃げる」というのは、生物として最も原始的な行動のひとつである。IT革命だバイオ技術だの英知の人類も、死なないためには、逃げるしかないのである。頭脳の中身なんぞ関係ない。体ひとつで逃げるしかないのである。踏み潰されまいと、逃げまどう虫ケラなのである。

そして、うまく逃げおおせたとしても、さらに生き延びるためには、食べなければならない。飲まなければならない。水と食糧を摂取しなければ生きられないのである。我々は自然の生物だからである。さてそれをどうやって手に入れる。

自然というものを忘れ果てている現代人には、時折やってくる地震への恐怖があるくらいで、ちょうどいいのかもしれない。じっさい、この冷夏の影響で農作物が不作だそうだが、自然が我々の生活の基礎であるということを思い出した人は、どれほどいるだろうか。コンピューターで食うことはできても、コンピューターを食うことはできない。食いぶちのためのコンピューターなのだと言いたくなるが、要は自覚の問題である。科学文明の時代において、生死という自然を生きているのは、他でもない自分である。人生いかに生くべきか。生きているとはどういうことか。

で、死ぬということすら忘れている現代人には、大地震とはちょうどよい目覚まし時計かとも思う。が、あるいは、この現代人は、大地震がやってくることを、どこかで望んでいるのではないかと思うことがある。科学技術でバラ色の未来を鼓吹しながら、そのじつ人々はそれを信じてはいない。深いところで、この時代この社会に、いい加減うんざりしている。こんな時代こんな社会は、いっぺんチャラになってしまえ。そしたらどんなにすっきりすることか。言うところの、ゼロリセット願望である。

この気持なら、わからなくはない。己れの無力さ無能さ、すなわち無知に目覚めるということは、じつは気持のよいことである。無知は知の始まり。我々の文明が、いかなる勘違いの上に、危なっかしくも成立していたものであったかを知るのなら、それもひとつの勉強であろう。とは言え、人間は、さほど賢くもない。だから、天災は忘れた頃にやってくると言う。

（平成十五年十月二十三日号）

＊平成十五年九月十一日に北海道で震度三、二十六日には震度六弱が二回、同日戦後初めて富士山の噴気が確認された。その後の北海道では余震が続く一方、和歌山、山形、東京などでも地震が相次いだ。

どこまで馬鹿になりたいの――テレビ

地上デジタル放送というのは、何なのですか。

私はもともと、テレビはNHKのニュースと天気予報くらいしか観ない。必要を感じないからである。ニュースだって、実を言えば必要を感じているわけではないが、世の中向けの文章も書く手前、仕事で見ているといった感じである。本当に必要と感じているのは、天気予報だけである。これは犬の散歩のためだったのだが、その犬も亡くなってしまった今は、これもあんまり観なくなった。そも、さほど当たるものでもないし。

テレビには必要を感じないというより、正確には、テレビという媒体が嫌いなのである。うるさい。騒々しい。馬鹿になる。端的にそう感じる。テレビは人間を馬鹿にする。これは直感である。私は馬鹿にはなりたくない。もっと賢い人間になりたい。だから私はテレビを観ないのである。

ちょっと考えればわかることではないか。ひとつの事柄を述べるために、なんであのようにワーワーギャーギャー騒ぐ必要があるのか。そも述べるべき事柄がないから、ああやってワーワーギャーギャー騒ぐことになるのである。つまりそれは無内容なのである。無内容なものは、何時間眺めようが無内容である。賢くなるどころか、馬鹿になる一方なのは決まっているではないか。

あるいは内容のあることを述べている場合もあるかもしれない。しかし、次々に変わってゆく映像は、人に考える暇を与えない。人は、考えるためには、一度は必ず映像を離れる必要がある。一方的に映像を受けとる習慣は、考えるという人間を人間たらしめている根幹の部分を、気づかず磨滅させるのである。

あるいは、内容のあることも内容のないことも、一緒くたに情報として流されれば、内容のあることと内容のないこととの区別もつかなくなる。内容のあることと大事なこともまた、ただの情報として、すぐに忘れてしまうようになるのである。

地上デジタル放送なるものは、よりよい画質が送れるということなのらしい。しかし、いったいそれが何だというのだ。愚劣にして無内容なワーワーギャーギャーを高画質で観ることに、いかなる精神的向上がある。あるいは、どうでもいい情報の垂れ流しを双方向にすることで、なんで人間が賢くなる。携帯の端末につなげることで、「ユビキタス」、いつでもどこでもそれを楽しめるということも、売りなのらしい。

私は、人間というのは本当に馬鹿だなあと、こんな時つくづく思う。「楽しめる」「楽しい」ということが、人生の至上の価値だと思っているのだ。むろん、苦しいよりは楽しい方が、その意味では価値である。しかし、楽しいという価値を至上として追求し、これを実現してきた結果、それが価値ではなくなってしまうという逆説に気づかないのである。「いつでもどこでも」それを楽しめるようになれば、そんなものが楽しいものではなくなるのは当たり前ではないか。楽しいということは、それが稀であるから楽しいのではないか。

人生の快楽を追求するより先に、そも人生とは何かを追求する方が先であろう。快楽だけなら、サルだって知っている。なにゆえの快楽なのかを考えるから人間なのである。しかし、きょうび「考える」など言って、その意味すら理解しないサル化人類が大量に出現している。携帯でテレビを観るサルである。サルは自分がサルであることを自覚しない。「自覚する」とは、精神を所有する人間にのみ可能な行為だからである。

「一億総白痴化」とは、テレビ文化創成期にその本質を看破した大宅壮一氏の言だが、その氏とて、人がここまでサル化することを見抜いていただろうか。中身はサルのままの人類が、不似合いな科学技術なんぞをもってしまったからである。今さらこれは仕方がない。百万匹といえども我ゆかん。たとえ私ひとりでも人間でありたい。デジタル放送開始の大騒ぎに、決意を新たにしている昨今である。

（平成十五年十二月十八日号）

＊平成十五年十二月一日、関東、中京、近畿の一部で、高画質、高音質の地上波デジタル放送が開始された。将来、携帯電話向けの放送も見込まれている。

存在しているのは常に今だけ——時間

もう年の瀬である。まあほんとに早いこと。ついこのあいだお正月だったのに。

この頃は、今年の正月だったか去年の正月だったか、判然としないくらい近接していると感じる。もともとお正月はいつも同じようなものではあるが、その間の一年を、どこに取落としてしまったものやら。

歳をとるほどに時間がたつのを早く感じるというのは、共通の現象のようである。これを数式化してみせた人がいて、子供の時間を1とすれば、大人の時間は年齢の二乗倍かの速度で進む。うろ覚えだが、そんなふうだったかと記憶する。

私は別の仮説をもっている。子供の時間が遅いのは、肉体が完成に向けて努力しているからである。頂上目指して登攀している最中だからである。当然これには時間がかかる。そして、いったん登ってしまえば、あとは下りるだけ。登るより下りる方が早い。あるいは作るより壊す方が早い。我々の時間が早いのは、肉体が奈落へ向け崩落してゆく一方だからである。

ほんとのところは知らない。ほんとのところなんてあるのかも知らない。早い時間、遅い時間なんて言い方自体が、まさしく客観的時間の存在を否定しているからである。

我々が普通、客観的時間と思っているのは、時刻のことである。時計が刻んでいるあれ、太陽の位置が示すあれ、お正月からお正月までの間のあれである。しかし、それら客観的時間を生きているのは、それを生きている我々でしかない。生きている我々は、それを客観的に感じるなんてことは決してしていない。子供にとって一日は長く、大人にとって一年は短い。楽しい時は矢の如く、憂鬱の時は死の如し。

本当は誰もそのようにしてしか生きてはいない。そのようにして様々に感じられつつ生きられているところのものが、「人生」という言葉の示す内実なのである。しかし現代人は、客観的時間すなわち時刻のことを、人生だと取違えている。そうして、何日までに何をする、すなわち予定なのである。時刻を先取ることで、人生を生きている。人生とは、すなわち予定なのである。予定を立てたのは自分でしかないのに、時間がないと不平を言う。しかし、時間というのはここにあるものなのだから、それをないと言う人に、ないのは決まっているのである。

リニアモーターカーの実現が近いとか、ニュースで言っていた。「東京大阪間が一時間も夢ではない」。しかし、そんなことを夢見た人が、はたしているのだろうか。東京大阪間が三時間だった時に、一時間であればいいと夢見た人が。

そんな人はいないはずだ。三時間なら三時間で、それに見合った予定を人は立てていたはずだ。なのに、技術の側の勝手な進歩で、列車は勝手に速く走り出した。それに合わせて、人は予定を立てなければならなくなった。便利になるほど、時間は早い。忙しくなるほど、時間はなくなる。そうやって、忙しい忙しいと生きていたら、なんと死ぬ時がそこに来ていた。いったい人は、何のために何をしているのやら。

人生の時間は有限なのである。全く当たり前のことなのだが、いつも人はそれを忘れる。忘れて他人事みたいに自分の人生を生きている。時間は前方へ流れるものと錯覚しているからである。人生は、生から死へと向かうもの。死は今ではない先のもの。しかしこれは間違いである。死は先にあるものではない。今ここにあるものだ。死によって生なのであれば、生としての今のここに、死はまさにあるではないか。

こういう当たり前にして不思議な事実に気がつくと、時間は前方へ流れるのをやめる。存在しているのは今だけとわかる。流れない時間は永遠である。一瞬一瞬が永遠なのである。有限のはずの人生に、なぜか永遠が実現している。永遠の今は、完全に自分のものである。人生は自分のものである。この当たり前には、生きながら死ななけりゃ気づかない。身を捨ててこそ浮かぶ瀬もあれ。来たるべき年に幸あれ。

（平成十六年一月一・八日特大号）

「よのなか科」だと!?――教育

雪深い山国の中学校へ、話をしに出かけた。中学生向けの哲学の本を出しているので、そんな依頼が時々来るのである。

遠い、まあー遠い所だった。列車を乗継いで降りたローカル線の駅から、なお遠い山の中である。山の中の中学校は、全校生徒が九十人と小さいが、皆とても行儀がよくて、気持がよい。

思った通り、純朴な子供たちだった。「純朴」などという形容が可能な子供が、なるほど未だにいるものなのだ。私はちょっと感動したのだ。なにしろ、小学生が売春し、中学生が殺人する時世である。街の子供は、すでにどこかがささくれている。

けれども、山の子供にはそれがない。気配が全然違うのである。とくに難しいことを話したつもりはないけれど、話す言葉に真剣に聴き入っているのがはっきりわかるというのは、じつに気持がよいものである。そんな耳、そんな心に対して、いい加減なことが言えるわけがない。こっちだって真剣になる。精神を大事にしなさいと伝えたい、しかし「精神」と言って通じるものだろうか。あれこれ言葉を選びながら話をするというのは、けっこうな緊張感である。ひょっとしたら、彼らだって、大人がつっかえながら話すのを、初めて見たのでなかろうか。
自分とは、精神である。精神であるところの自分を信じなさい。自分を信じられなければ、他人も信じられない。自分を信じるということと、他人を信じるということは、全く同じことである。なぜなら、人間の精神は、それ自体で自他を超えているからである。

牧師の説教ではない。私が拙い表現で、彼らに伝えようとしたことである。なるほど、難しいと言えば難しいが、当たり前のことほど難しいのだから、こういう当たり前のことには、早いうちに気がついておいた方がいいのである。この同じ言葉を大人の耳に話して、通じる可能性は限りなく低い。その心が、すでにして石のように硬化しているからである。

でも純朴な子供たち、そのことだけで十分なのだから、無理に哲学の方向へ引張ってゆくこともないのではないか。夜分の懇親会で、地のドブロクを飲みながら（これがンマイ！）、話したら、それが必ずしもそうではない。この先生方、生徒の教育に非常に熱心である。たぶん、子供たちがそんなふうに可愛いから、可愛くて仕方がないのだろう。両者がとても仲がよい。これも、先生が登校拒否になるという都会の学校とは、著しく違うところである。

言うには、我が校の生徒はこんなふうだから、町の学校へ行くと、感化されて、たちまちに悪くなる。そうでなければ、外の風に耐えられずに引きこもる。高校側は、免疫をつけてきてくれと言う。馬鹿を言うな。悪く教育しろと言うのか。

悩みは深い。この世の中である。あの子供たちに未来はない。それで「哲学を」ということだったらしい。私は納得した。つまり、外的状況に動じない、強い精神に鍛えたいと。

その通りです、それこそが哲学の身上です。私は同意した。昨今の教育現場の風潮、何を勘違いしているのか、「よのなか科」？　商売の仕方や金のもうけ方を、早いうちから教えることが子のためだなど、驚くべき勘違いである。世の中のことは、世の中に出てから覚えればよろしい。世に出る前には、世に出る前にしかできないことがある。それが、考えることである。徹底的に考えて、自分の精神を鍛えておくことである。その過程を経ることなく、世に出てしまった大人たちを見よ。世の状況に左右され、フラフラと動じてやまないではないか。それが見事な証左ではないか。

しかし、受験もある、将来もある、世の全体がこうである。どのようにしてそのような教育を、と問われたから、お任せ下さい。もう十五年したら、池田が文部大臣になります。その時には、哲人国家の理念は、必ずや現実のものとなりましょう。


（平成十六年一月二十二日号）

＊「よのなか科」は、元リクルート社フェローで、現在は杉並区の中学校校長を務める藤原和博氏が提唱している授業。中身は、身近な話題から社会や経済の仕組みを学ぶというもの。

「考えている暇などない」だと!?——情報化社会

情報通信省が設置されるとかしないとか。

今さら言っても詮ないけれども、社会が情報化することが、どうしてよいことなのだろうか。情報化社会のことをよい社会のことだと、多くの人が疑っていないらしいことが、今さらながら理解できない。

私自身、ケータイもパソコンも所有していない。どころか、テレビですら天気予報以外はニュースくらいしか観ないし、それだって仕事がなければおそらく観ない。内的必要性を、ほとんど感じないのである。世間で起こっていることを知る、他人が何をしているかを知る必要が、どうして我々にはあるのだろうか。

たまにはゆっくり内省してみるといい。しかし「内省」などと言って、それがどのような状態なのかを理解する人すら、今や少ないはずである。内省というのは、読んで字の如く、内側を省みることである。自らを反省することである。他人や世間のあーだこーだを追いかけることでなく、自らで自らをじっくり見つめることである。

パソコンは自らで画面を見つめるものだが、そこで見つめられているものは、やはり他人や世間のあーだこーだである。自らの何であるかであるはずもない。自らの何であるかということは、他人や世間から得られる情報ではなくて、自ら考えることでのみ得られる知識だからである。自らで自らを考える作業のために、コンピューターは必要ない。だから私はそんなものに必要を感じないのである。

情報をたくさんもっていると、賢くなったかのようにも、人は思うのらしい。しかし、そんなことは大間違いである。他人や世間のどーでもいい情報を、いくらたくさん所有したところで、なんで賢くなることがある。あるいは、それがどーでもよくはない、きわめて重要な情報なのであれ、それを自ら考えて自らの知識にできるのでなければ、しょせんは情報である。自ら考える、たとえ外的情報のひとつもなくとも、自らで考えられるのでなければ、人が知識を自身の血肉として賢くなるということは、あり得ないのだ。

あるいは、「知る」ということと「わかる」ということは違うことだと言うこともできる。たくさんの情報を知っていたところで、それがどういうことなのかわかっているわけではない。何であれ、それがどういうことなのかわかるためには、自ら考える以外はない。パソコンでなくとも、己れの頭の中に情報をいっぱい詰め込んで、自ら考えているつもりの知識人も大勢いるが、あれは正確には情報人と呼ぶべきである。何をわかっているわけでもない。

しかし、「知る」と「わかる」の違いをどうしてわかるのかとも問われるだろう。そんなことは、わかるものなのである。情報を知るという経験は人間を変えないが、「わかる」という経験は、必ず人間を変えるのである。わかれば、人は賢くなるのである。他人や世間のあーだこーだに右往左往しない、賢い人間になるのである。だからやっぱり、人は考えなければダメなのである。

しかし、悠長に考えている暇などない、今や情報化の時代なのだと、ここで人は言うに決まっている。しかし、そう言うこと自体が本末転倒であることは、述べてきた通りである。賢い人間になりたいかどうか、要はそれだけである。自分の人生、自分の生死、そのことの何であるかをわかることもなく終わってもいいと思うのなら、どうぞ、お好きに。

私自身は、いつだって、よりよいより賢い人間になりたい。明治時代、日露戦争があったことも知らずに学究していた学者がいたという有名な逸話があるが、そのような人のありように、共鳴を覚える者である。じっさい、世の中そのような人ばかりになれば、世の中から戦争がなくなるのは道理であろう。ＩＴ推進など完全に逆である。内省することだけが世界を変えると、他人や世間があーだこーだの週刊誌上で、臆面もなく私は言っているのである。

（平成十六年二月十二日号）

＊平成十六年一月、小泉首相は海外の「情報通信省」の例を挙げながら、総務省と経済産業省にまたがっている情報通信政策部門の統合に、前向きな考えを示した。

食べなきゃいい——食の安全

牛肉に続いて鶏肉だと、大騒ぎになっている。食の安全をどう確保したものか。

簡単である。食べなければいいのである。そこにないもの、食べられないものは、食べなければいい。そこにないもの、食べられないものを、無理にも食べようとするから、大騒ぎになるのである。牛肉を食べなくても、鶏肉を食べなくても、人は生きてゆけるのだから、食べなければいい。吉野家には気の毒だけれども、事実はそうである。なんで無理して、ブラジルやオーストラリアから輸入してまで、あれらを食べる必要があるのだろうか。

以前の米不足の時にも、そう思った。国内で米が不作だといって、タイから米を輸入する。タイ米はまずいだの、あんなもの食えないだの、文句言い言い、なんで米を食べる必要がある。米がなければパンを食べればいい。豆だって芋だって何だってある。何がなんでも米でなければならない、米でなければイヤだという、飽食ゆえのわがままである。大昔の飢饉を思ってみればいい。食べようにも、食べられる物ひとつなくなったというではないか。

だから人々は、食べられるということ、食べ物それ自体に感謝した。私なども、お茶碗にご飯粒が残っていると、注意されたくちである。「お百姓さんが作った一粒でしょ」。あれを言われて育つのと、言われずに育つのとでは、随分違いがあるようである。食べ物が粗末にされているのを見ると、私はとても気分が悪い。

そも食べ物に感謝することを忘れたということ自体が、こういった騒動の大本ではなかろうか。牛だって鶏だって生き物だから、殺されて食べられるのはイヤである。しかし生き物は互いに食べ合って生きているものだから、その意味でそれは仕方ない。「仕方ない」という、こちらの側の、このイヤな気持を、ではどうするか。

だから感謝するのである。私が生きるための食べ物になってくれてありがとう。「ありがとう」、言うだけではダメである。それは証されなければならない。証しとは何か。決まっている。よい人間になることである。よい人間、真っ当な人間として、生きることである。そうでなければ、私が生きるために殺される他の生き物たちに、申し訳が立たないではないか。

しかし、人間たちは、感謝してよく生きるどころではない。もっとうまい肉、もっとたくさんの肉、いよいよ欲深く悪くなり、変な飼料や遺伝子操作、とどまるところを知ろうとしない。それで、動物たちは怒っているのである。人間たちの得手勝手に対して、実力行使に出たのである。

いっそ、この機会に、世界規模の謝肉祭を行なったらどうだろうか。動物たちの怒りが鎮まるまで、我々は肉を断ち、感謝を捧げ、よりよい人間になるべく、精進潔斎に勤めるのである。牛肉鶏肉が食べられなければ、豚肉を食べればいいという話ではない。他の生き物を殺して食べてまで、自分はなぜ生きるのかという理由を、正しく自覚しなければならない。そうでなければ、この貪欲な人間どもは、次には必ず人間を食べ始めるはずだからである。イエス・キリストは言った、「これは私の血である、肉である」。話は見事に逆ではないか。

「食の安全」という言い方にも、どことなく勝手なものを感じる。体の中に変なものを入れたくないというのは同感である。しかし、この社会この文明に生きる我々は、今やみな同罪である。消費者の権利を掲げるより先に、そも何のために健康に生きるのかを、各人で反省してみるがよろし。誰を責めることもできない。自分だけは別でもあり得ない。一蓮托生である。

国内のBSE騒ぎの時にも、私は気にせず食べていた。気にしていたらキリがない。そもそも自分のために気にするということが、私にはうまくできない。籤なんか当たったこともないけれど、それで当たれば大当たりである。そんなところで、よろしいのではないでしょうか。

（平成十六年二月十九日号）

＊平成十五年の暮れより、韓国などで鳥インフルエンザが大流行。年が明けると、日本の全国各地でも感染した鳥が見つかった。ＢＳＥ騒動に続いて、食に対する不安が一気に増大した。

その一言のお値段は——携帯電話

電車に乗ったら、窓に張ってあるステッカーに、「その一言が、たった五円で」と書いてある。

唐突な文言に、何だろうとよく見ると、携帯電話の通話料金が安くなるという広告である。イラストに描かれた人物が、「別に用事じゃないんだけど、元気にしてる?・」と話している。別に用事でないような話も、たった五円、安い値段で話せるということが、このサービスの売りなのらしい。

人々は、このようなサービスについて、ありがたいこと、お得なことだと、本気で思っているのだろうか。乗車中、けっこう深く私は考え込んでしまった。

すでに何度も言ったけれども、私は携帯電話を所有していない。理由は、実用的に必要がないからである。が、たまに街に出て、この手の文言に触れるだに、今度は思想的にこれを拒絶したくなってくる。「携帯電話は亡国の具である」

人は、物の値段は安いほどありがたいと思っている。その方が得をすると思うからである。けれども、あんまり安いと、今度はそれをありがたいと思わなくなってくる。安い物は、安いのだから、ありがたい物ではない。そして、高いブランド品などが、それが高いというだけで、ありがたい物と思われるようになってくる。

自分で金を出して買う物、一般商品の場合ですら、人の心はそのように動く。値段がその物の価値なのだ。それなら、もともと値段のついていないもの、金のいらないタダのものを、ありがたいもの価値あるものと、思うことなどあるわけがない。金のいらないタダのもの、誰もが持ってる普通のものの筆頭が、すなわち、言葉である。日々話されるこの言葉、これが価値であると知っている人など、きょうびいるものだろうか。

言葉なんて、タダだし、誰でも使えるし、世の中は言葉だらけだし、なんでそんなものが価値なのだと、人は言うだろう。しかし、違う。言葉は交換価値なのではなくて、価値そのものなのだ。相対的な価値ではなくて、絶対的な価値なのだ。誰でも使えるタダのものだからこそ、言葉は人間の価値なのだ。安い言葉が安い人間を示すのは、誰もが直感している人の世の真実である。安い言葉は安い人間を示し、正しい言葉は正しい人間を示す。それなら、言葉とは、価値そのもの、その言葉を話すその人間の価値を、明々白々示すものではないか。

だから人は言葉を大事にするべきなのである。そのようにして生きるべきなのである。自分の語る一言一句が、自分という人間の価値、自分の価値を創出しているのだと、自覚しながら生きるべきなのだが、こんなこと、きょうびの人には通じない。言葉はタダだから使いたい放題とばかり、安い言葉、くだらない言葉の垂れ流しである。もともと実用の具であったはずの携帯電話も、料金が安くなれば、ありがたい。用もないのに電話をかけて、いよいよ安い言葉を垂れ流す。人はそれで得をしたと思うのらしいが、自ら安い人間になることが、どうして得をしたことになるのだろうか。くだらない人間になることが、どうして得なことなのだろうか。私には全く理解できない。

「別に用事じゃないんだけど、元気にしてる?」という一言だって、大変に重要な一言である場合もあるだろう。長く音信不通にしていた家族に、勇をふるって連絡をするとか、本人は知らないが相手が死病である場合とか、そういう場合、その一言が五円であるとは、全くもって失礼である。五千円、五万円だろうが、必要な言葉は、必要なのである。価値ある言葉に、値段はつかないのである。常にそのような自覚によって、言葉を語る人生と、そうでない人生とでは、その人生の価値は、完全に違うものになるのである。

そんなことを考えながら、ふと別の窓に目をやると、「ケータイで結婚相手が探せる」とある。結婚相談所の広告である。たった五円の結婚相手でも、かまわないのであろう。

（平成十六年三月四日号）

金にならないのは当たり前——大学

大学の法人化というのは、早い話が、大学の株式会社化のことである。役に立たないもの金にならないものに、国は金を出したくない。だから大学で商売を教えるか、商売をしろと言うのである。詳しい経緯は知らないが、こんな無体な政策に、大学関係者ならびに学者たちは、どこまで抵抗したものだろうか。こんな政策は亡国政策、国の自殺行為であるということを、認識しているものだろうか。

大学というのは、読んで字の如く、学問をするところである。学問をするための最高機関である。学問というのは、真理を知るために勉学することを言うのであって、金をもうけるために商売をすることではない。商売というのは、大学の外で、大学を出てから、するものである。そうでなければ、なんで人はわざわざ大学などへ行くものだろうか。

学問をする気もないのに大学へ行く学生や、学問してもいないのに学者をやっている学者が大勢いるから、学問なんてものは役に立たない金にならないものだと、世の人は思うようになる。なるほど、その意味でそれはその通りである。大学は就職までの遊び場か、遊んでいても金がもらえる職場だと、彼ら自身が思ってもいるからである。なるほど大学は今やほとんど愚者の楽園である。

おそらくそれは、大学紛争のせいである。学問の閉鎖性を破壊すると称して、彼らは学問そのものを破壊した。しかし、そも学問とは何であるのかを、あれらの野蛮人たちは理解していたものだろうか。「書を捨てよ、街に出よ」。しかし、書は、読んでから捨てるべきなのである。読みもしないで街に出はべった野蛮人たちのおかげで、見よ、今の世の中、こんなふうなのである。反体制と金もうけとが、どんなふうにアウフヘーベンされたものか、一度きっちりと自己批判して頂きたい。

学問というものが、本来、役に立たない金にならないのは当然なのである。また、ある意味でそれが閉鎖的に見えるのも、当然なのである。世の全体が、役に立つこと金になることを価値と信じて走っているところで、なんでそれらが価値なのか、そも世の中とは何なのかを、考えるのだからである。そうと信じ込まれている事柄を疑うことが、その事柄にとって役に立つことであるわけがない。また、広く信じ込まれている事柄を疑うということを、真に為し得る者も多くはない。しかし、本来は、それこそが学問であり、学者なのである。役にも立たない金にもならないのに、なぜ人はそんなことをするかというと、言うまでもない、それを知りたいからである。真理を知りたいからである。大学が真理の府であることが、なぜ問題か。

世の中には、世の中には役に立たないことをする人が必要なのである。そのような人こそが、本当は役に立つのである。「無用の用」、役に立たないことを考える人がいなくなれば、世の中どうなるか、明らかであろう。金もうけに奔走しながら真理を見失い、今や人々、自分が何のために何をしているのかを、全く認識していない。「哲学が必要だ」などと、どこまでわかっているものか、人々は口にする。しかし、当の哲学科は、金にならない学問の筆頭として、各大学で消滅の憂き目にある。本来は、世の中すなわち現象界の真理を認識する学問として、万学の王であったものである。自分は世の役には立たないことをやっているのだという正当なる矜持を、大学の哲学者たちは所持しているものだろうか。金にならないのは当たり前だ。文句あるか。

学者を大事にしない国は滅ぶと、孔子先生は言った。真理の喪失だからである。産学協同など馬鹿言っちゃいけません。科学という、もう一方の真理追求の学問ですら、金にならない分野は切捨てられてゆく。私はいずれ文部大臣になるつもりだが、その暁には、全学問ならびに全現実を統べるものとしての哲学という学問を、必ずや復活させるつもりである。

（平成十六年四月八日号）

＊平成十六年四月、全国九十九の国立大・短大が、国の組織から切り離され、それぞれ独立した法人になった。学長を中心とした経営重視の運営組織に転換し、教育や研究の業績評価を予算配分に反映する仕組みを導入する。文部科学省による護送船団方式での大学運営から脱し、大学同士の競争を促して教育や研究の活性化を図る狙いらしい。

最初から自由である——言論

「週刊文春」の発売禁止措置を、裁判所が取消したということだ。掲載されていたのは、政治家の娘のスキャンダル記事で、言論の自由かプライバシーの保護かで、世間はもめていたようである。人々の意見の大半は、言論の自由の弾圧だということで、今回の裁判所の見解も、そんなふうに変わったらしい。

他人のスキャンダル報道ごときで、言論の自由とは大げさな。端的に私はそう感じる。逆から言えば、私は、そんなものを知りたいとは思っていない。そんなものを知ることに、知る権利があるなど思いもよらない。私にとって、「知る」とは、自ら考えて知ることをのみ、言うからである。他人や世間に由来する情報の類を知ることを、「知る」ことだとは、私は認めていないからである。

と言えば、いやこの場合は、国民の知る権利に、公権力が介入することが問題なのだと、人は言うだろう。戦前の言論統制に明らかなように、言論の自由を封じれば、民主主義の危機となる。

なるほど、その意味ではそうである。しかし、言論の自由とは、そもそも何だろうか。自分が言いたいことを言い、書きたいことを書くことが言論の自由だとする。そして、自由とは、定義により、何ものにも制限されないことを言う。自分以外の何ものにもよらないから、自由は自由なのである。ゆえに、この場合は、言論は自分以外の何ものにもよらないから自由だということになる。だとすると、他人や世間に由来する情報の類を、言ったり書いたりすることは、そもそも自由なことなのだろうか。言論それ自身に由来しないところの言論は、そもそも自由な言論なのだろうか。

言論とは、読んで字の如く、言葉によって論じることである。言葉は、自分の自由になるものではなくて、自分を超えたところにあるものである。現代人はそのことを忘れている。誰が自分で言葉を作ったか。自分で作ったのではない言葉は、どういうわけだかそこに在るものだ。我々にできるのは、それをその筋目に沿って、正しく使うことだけである。

言葉は、正しく使われることで、人を自由にするのであって、決してその逆ではない。たとえば、ネット上で行使される言論の自由を見よ。言いたいことを言い、書きたいことを書く自由、しかし、人間の言語に達する以前の、あれら叫びやさえずりの類に、自身を自覚する自由な人間の姿を見るだろうか。

自由を他者に要求するとは、それ自体で矛盾である。自由とは、定義により、自分自身により自由であることだからである。ゆえに、自身の自由を国家に保障されなければならない民主主義とその制度は、最初から矛盾を胎《はら》んでいるということだ。ならば人は、どのようにして自身の自由を獲得するべきなのか。

だからそれが、正しい言葉を使うことなのである。言葉をその節目に沿って正しく使用し、論じ、虚偽であることの不自由を見抜くことなのだ。言葉で真実に目覚めることなのだ。まさしく今、正しい言葉により民主主義の虚偽に目覚めたそのようにしてである。

とまあこんなふうに、正しい言葉というのはそれなりに過激であるから、ことにこの民主主義の世の中では受け入れられ難い。言論の自由がないというその伝でなら、私にはそんなもの最初からない。新聞や雑誌がどこもビビッて、発言の場所を与えてくれないからである。公権力の介入以前である。だから、「週刊新潮」は奇特な雑誌なのである。こんな正しい言葉にも、場所を与えてくれている。

それはさておき、正しい言葉と世間一般との対立という構図は、今に始まったことではない。遡ること二千四百年前、正しい言葉《ロゴス》の人ソクラテスは、なぜ死刑になったか。間違えてはならない。彼は正しい言葉を守るために死刑になったのではない。そうではなくて、すでにして完全に自由だったから、結果として死刑になっただけである。

（平成十六年四月二十二日号）

活字離れは誰の問題——読書

活字離れと言われている。調査によれば、高校生の一日の読書時間が十分だとか、月に換算しても数時間だとか、そんな数字だったかと記憶する。確かにこれは、大変少ない。

これは間違いなく、他のメディアの発達のせいである。漫画やテレビやパソコンや、もっと楽で刺激的なメディアがある。わざわざ書物を手に取って頁を繰るという作業など必要がない。面倒くさい。読みたくなれば、きょうびはケータイですら、小説は読める。他の娯楽がなかった時代ならまだしも、どうして今さら本なんか。そういったところなのだろう。

これはもう仕方がない。人間というのは、ほとんどの場合、楽な方を好むからである。むろん私もそうである。わざわざ大変なことをしたいとは思わない。しかし、楽でいることによって馬鹿になりたいとも思わない。馬鹿にならずに、賢くなりたいと思う。だから私は本を読む。人間が賢くなるためには、本、すなわち言葉を読むのが一番だからである。

あれらのメディアにおける映像や音声は、一方的に受取るものである。一方的に受け身でいれば、あれらの意味は入ってくる。しかし、書かれた言葉はそうはゆかない。人はそれを読まなければならない。「読む」、すなわち能動的にそれに関わり、そこから意味を取出さなければならない。これが他でもない「考える」ということである。本を読むとは、すなわち考えるということなのである。人が、面倒くさい、難しいと言っているのはこのことで、本を読むのがイヤなのは、考えるのがイヤだからである。しかし、イヤだからと言って考えずにいれば、馬鹿になるのは決まっている。

しかし、それとて、本人がそれでいいとしているのだから仕方ない。馬鹿でもいいとしているのは、自分の馬鹿を知らないいからで、これをある人は「バカの壁」と呼んだ。本人は困らない。本を読まなくても困らないのである。では、本を読まない、活字離れで困るのはいったい誰か。言うまでもない、出版業界である。

「活字離れ」すなわち「本が売れない」。売れないのは困るから、それで業界は、売れそうな本ばかりを売りに出す。「馬鹿でも読める」、考えなくても読める本である。しかし、字を読むということと、言葉を読むということは、決定的に違うことだ。字を読んだところで、そこから意味を得て賢くなるのでなければ、言葉を読んだことにはならない。テニヲハだけなら、幼児だって読める。活字は人を賢くするとは言え、どんな活字でもいいというわけではないのである。

こういう当たり前が、窮地に立った出版業界にはわからない。活字離れと嘆きながら、一方で、年間の出版点数は毎年記録を更新しているのだから、この悪循環の問題点は明らかである。つまり、人が読みたいとも思わない馬鹿げた本を、いかに大量に売りに出しているか。

人間は、そうは言っても、馬鹿ではないのである。くだらないもの馬鹿げたものは、いずれ飽きるに決まっている。あるいは、活字は面倒と、他のメディアに流れる人は、最初から本を読む種類の人ではない。そういう人を相手にしても仕方がない。活字には、活字にしかないものがある。それが、映像にも音声にもない、言葉を読むことの喜びである。言葉を読んで、賢くなることの喜びである。賢くなることには、必ず喜びが伴う。この喜びを知る人のためにだけ、少数のよい本を出版してゆけばよいではないか。

余談ついでの自慢だが、私の本は、十数年前の処女作以来、一冊も絶版になっていない。どころか、少部ずつでも毎年必ず版を重ねている。ひと月すれば棚から消えるという状況において、奇跡的なことだと人は言う。「最初から古典のような動き方をする」とは、書店員の弁である。

姑息な策を弄さずとも、読む人は必ず読むのである。出版業界人よ、もっと言葉の力を信じよう。

（平成十六年四月二十九日号）

やっぱり欲しい——年金

年金法案がもめている。

内容の詳細は知らないし、興味もない。が、閣僚の人々すら払っていなかったという話を聞くと、さすがにこれは馬鹿らしくなってくる。私も払うのやめたろかしら。そういう気持に、確かになる。どこの窓口に行けば、支払い拒否を受付けてくれるのですか。

とはいえ、今さらそういう手続きを勘案するのも、同じくらいに面倒くさい。私が、公に決められた年金だ税金だ、詮じつめれば共同体の法律規則というものに抵抗しないのは、要するに面倒くさいからである。そういうこの世的なあれこれが、基本的に、どうでもいい。どうでもいいから抵抗しない。抵抗するのは、そういった事柄を何らかの価値だと認めるからだが、私には、そういった事柄が人生の価値だとは、どうしても認められないのである。

というふうなことを言うと、よい御身分で。必ず言われる。これはもう人心の定型である。これには慣れた。昔は私も純心だったから、冗談じゃない覚悟が違うわよ。まともに応対したものである。最近はそれすらも面倒くさい。ええお陰様で哲学でも食えるよい時代になりましたと言う。立派にすれっからしである。

哲学で食えているのはたまさかの僥倖である。食うための哲学などあるわけがない。と言ってもまあ通じない。さほどに食えるか食えないかということは、人間にとっての一大事なのである。むろんである。私だってそうである。だからこそ、なんでそれが一大事なのかを考えているわけである。そうして考えると、食えるか食えないか、すなわち生きるか死ぬかということは、人生の価値とは実は関係がないということがわかるのである。ただ生きているということと、善く生きているということは、まさしく違うことではないか。ただ生きているだけの人にとって、生きていることが、どうして価値であることができるだろう。

この真実に気がつくと、ただ生きるため、とにかく生き延びるために画策されるこの世的なあれこれが、当然どうでもよくなってしまう。将来なんて発想も不可能である。だから年金だ税金だなんてのは規則だから払っているだけで、自分には何も期待していない。くれてやるものだと思っている。

と、以前書いたら、読者の方から抗議を受けた。あんたはよい御身分だからそんなことが言える。自分は年金生活だけを楽しみに、これまでの人生を苦労してきたのだ。そんな発言をもし厚生大臣が読んだらどうするつもりだ。

ある意味では、私は、こういう方のために年金を払っているとも言えるのである。私自身は、いつどこで死んでもかまわない、というより正確には、人間にはそうとしかできないではないかというのが、人生の構えだからである。共同体の規則は、私の人生の価値には抵触しない。日本の社会主義が、人生の価値を老後の年金に求める人を救済することを命題とするのなら、よろしいでしょう、従いましょう。

とは言え、今はやりの自己責任論に照らして考えるなら、人生についての自己責任とは果たして何ぞや。自分で自分の命を責任をもって全うするつもりなら、共同体なんぞ完全に無用である。共同体というのは基本的に、皆で生き延びるためのシステムである。そこでの発想はなべて、いかに生きるかではなく、いつまで生きるかである。共同体を人生と思い込んでいる人が息苦しくなるのは当然である。自分の人生の価値を、自ら放棄しているのだからである。責任はむろん自分にある。だから覚悟が必要だと言ったではないか。

それにしても、二十五年後の年金ねえ——。みんな本気で二十五年後の自分の生活なんてもの、想像しているのだろうか。私にはそんなもの、あの世の生活を想像するくらいに不可能に近い。死んでいるならいないのだし、生きているならわからないからである。これって、恐るべき当たり前だと思いませんか。

（平成十六年五月二十七日号）

＊平成十六年六月、政府の年金制度改革関連法が成立。公的年金の保険料が今後十年以上にわたって引き上げられ、将来受け取る年金水準は現在より引き下げになる。すでに年金を受け取っている人の給付水準も下がっていく。十月より順次実施される。

やっぱり要らない――再び年金

私は年金を人のためにに払っているのであって、自分のためにに払っているのではないと、前項で書いた。そう思っているのは私くらいなものだろうと思ったからである。

そう書いてから、興味もない年金法案の話など、少々気をつけて聞いていた。そしたらなんと、年金は人のためにに払うものであって、自分のためにに払うものではないのだと、すでに大臣によって明言されているではないか。年金の精神とは利他の精神なのだとは、公には周知だったらしいのである。

それなら、どうして今さら年金のことなどで、もめる理由があるだろう。これもまた明らかである。そうは言っても、誰もそうとは思っていない。年金を人のためにに払うのなどイヤだ。自分のためにになら払ってもいいと、思っているからである。今のままでの年金制度は、将来必ず破綻する。その時に自分がもらえるかどうかだけが、人々の関心事だからである。年金の話がさもしくなるのはこのためで、私が年金の話に興味がないのもそのためである。

もっとも私の場合には、そもそもそういった事柄全般に関心がない。面倒くさい。面倒くさいから規則に従って払っているところ、結果としてそれが人のためにになっているというだけである。私とて、それを人のためだと思い為し、自覚的に払っているわけではない。自覚的に利他の精神であるのではないという点では、やはり同じなのである。

しかし、年金制度の破綻は明らかであり、そしてこの制度を続けるという意志が国家にある以上、我々は今や、この点をこそ自覚するべきではなかろうか。すなわち、年金とは、自分のために払うものではない。人のために払うものである。我々は、自分のためにのみ生きるのではない。人のために人と共に生きるために生きるのだと、各人で深く肝に銘じるのである。年金制度改革以前に必須なのは、人々の意識改革である。そうでなければ、制度ばかりを変えたところで、人々が従うはずがないのは目に見えているではないか。

まったくのところ、そう書いてみれば、右の宣言は社会主義の綱領に等しい。社会主義制度が破綻したのは、言うまでもなく、制度が謳うように人心がそうではなかったからである。人心は、いつの世も、自分のことしか考えない。自分さえよければいいのである。制度と人心とがそぐわなければ、破綻するのは制度の側であって、人心の側ではない。自分さえよければいい、自分さえ生きられればいいと思っている人々を、制度により皆と共に生きるようにさせるなど、無理に決まっているのである。

無理に決まっているのに、我が国の社会主義は、それを続行しようとしている。それなら、国民全員で、根源的な意識改革を断行するしかない。年金とは、人のために払うものである。仮にでもそう思ってみればいい。そうすると、自分さえよければいい、他人など知ったことかと生きている人々の顔、人心の諸相が見えてくる。そういうさもしい人々をも、なんで自分が生かさなければならないのだ。どうしてもそう言いたくなる。言いたくなるのをグッと堪えて喉元で飲み込む。そして、大いなる愛をもって、いやいやいかなる人間であれ、すべての人間には等しく生きる権利があるのだと、こう無理矢理にでも思い為すのである。これが、我々がこれから行なわなければならない意識改革の第一歩である。我々はここを超えなければならない。なぜならこれは、我々が選択した人類史的な実験とも言えるからである。

じっさい、そうまでして何のために生きるのかとは、各人の内心で問われるしかない問いである。ただ生き延びればよいという人生には、定義により、人生に意味がない。人類は様々な社会制度や国家形態により、ここまで生き延びてきたけれども、そのこと自体、何のためなのか。これを考えるのは、年金のことなどで悩んでいるより、はるかに意味があるはずなのである。

（平成十六年六月三日号）

第三章

考えることに終わりはない

バカの壁を突破する——脳

新潮新書、養老孟司氏の『バカの壁』がよく売れている。

私も読んでみた。いつも通りに面白い。言われていることはいつもと同じなのに、なぜ本書はとくによく売れているのか。

言うまでもなく、タイトルの力である。「バカの壁」、これがウケた。誰にも心当たりがある。自分の中にあるのではない。他人の中にそれを見る。そこがバカ受けしたのである。

「話せばわかる」なんて大ウソだと書いてある。折しも世界では、テロ、戦争、民族・宗教間の紛争が絶えず、日常では、アイツやコイツと話が合わない。知りたくないことに耳を貸さない人間に話が通じないという経験は、誰にも心当たりがある。そして、話が通じないのは、相手がバカだからだと、誰もが思っている。

誰もが腹立ちとともにそう思っているその経験、その原因を、この解剖学の先生は、「脳」だと言った。それは脳への入力、出力の問題として説明できる。話が通じないのは、脳の中に、バカの壁があるからだと。

「脳」と言われると、きょうびの我々は、誰もが天から納得する。わかったと思う。

術であろう。

「遺伝子」や「素粒子」と同じくらい、それは、現代人がその前にひれ伏す強力な呪言である。脳を開ければ心が出てくると、本気で思っているのだから、文字通りこれは魔術であろう。

しかし、たまには自分で考えてみるといい。脳を開いて、そこに心が見えるかどうか。見えるのは、灰色をしたあの物質の塊であって、心なんぞはどこにも見えない。当然である。心というのは、もとより見えるものではないからである。心というのは、感じるものであって、目に見えるものではないからである。

なるほど、目に見える脳の、目に見えない働きが心だという説明の仕方はできる。しかし、だからと言って、目に見えないものが感じているということ自体の謎が、謎でなくなるわけではない。説明は説明であって解明ではない。脳で説明して、いったい何がわかったというのか。

養老氏の言説は、いつも、それ自体がからくり構造になっているということに注意しなければならない。すべては脳から説明できる。社会も世界も脳が作り出したものだからだ。しかし、社会や世界を作り出したその脳は、人間が作り出したものではない。それは自然が作ったものだ。自然は人間の理解を越えている。わかってわかるわけがない。「脳」という前提は、説明のためのトリックである。これに気がつかなければ、我々はいつまでも、氏の言説に騙されたままである。当該書の中でも書いている。

「常識」というのは、知識があるということではなく、「当たり前」のことを指す。とところが、その前提となる常識、当たり前のことについてのスタンスがずれているのに、「自分は知っている」と思ってしまうのが、そもそもの間違いだ。

したがって、というまさにそのことについて言っているこの本が、ベストセラーになっているという現象について、おそらく氏はこう思っている。私の本なんぞを読んでわかったと思うお前がバカなのだ。騙されるのがバカなのだ。バカの壁は自分で築いている。私のせいではない。

氏の憮然とした表情が見えるようである。

じっさい、氏には騙すつもりなどまったくないのである。なぜなら、「話せばわかるなんてのはウソだ」と言いながら、じっさいにこんな本を書いて出しているのだからである。もし本当にそう思っているのなら、こんな本を出すはずがないではないか。人に向かって話をするはずがないではないか。

人に向かって話をするのは、それでも話せばわかると思っているからである。騙されてはいけない。これは常識である。

まあ、誤解も理解のひとつだと言えば、言えなくはない。バカの壁は、とにかく厚い。それなら、これを突破するものは何か。決まっている。脳に磨《と》がれた知恵の槍である。

（平成十五年六月十二日号）

＊『バカの壁』は三百六十三万部（平成十六年六月現在）を売り上げ、これまでの新書のベストセラー記録（『冠婚葬祭入門』三百八万部）を大幅に塗り替えた。

夢の安楽死病院——老い

死因の第一位としての癌がなくなれば、日本人の平均寿命はさらに延び、男で八十七歳、女で九十三歳になるだろうと、新聞に出ていた。別の日にはニュースで、政府は今後十年間で癌の撲滅を実行すると発表した、と言っていた。

いったいどうするつもりなのだろう。という感想が、嘆息とともに率直には出てくる。平均寿命を延ばすために、癌の撲滅を図るわけではなかろうけれども、平均寿命をこれより延ばして、それで、どうするつもりなのだろう。日本人の平均寿命が今年もまた延びましたと聞いて、素直に喜べる人が、はたして今でもいるものだろうか。

かつて長寿がめでたいことだったのは、端的に、それが珍しいことだったからである。平均寿命五十の時に、八十まで生きる人は珍しい。おおこれはすごいということで、それはめでたいということになったのである。鶴亀である。めでたがられる当人にしても、周囲からめでたがられることの自覚があったから、それにふさわしい振るまいをしただろう。つまり隠居なり翁なりとして、後進に範を垂れる知恵者だったのである。老人とは、すなわち賢人のことだったのである。

しかし、現代においては、後進に尊敬されるような賢い老人は稀である。老人はいくらでもいる。五人に一人は老人である。しかしそんな人は稀である。

　これはなぜかというと、老いること自体を否定的に捉える時代風潮のせいである。老いるということは、精力がなくなる、美しくなくなる、人生の快楽を享受できなくなる、つまり敗北なのである。ゆえに、人生の価値を快楽にあると思っている人は、これを恐れる。恐れて、若さという価値しか知らずに老いた人は、したがって、語るべき知恵をもっていない。ただ歳をとっただけの無内容な人、文字通りの敗北者である。当然、周囲からは尊敬されずに疎まれる。それで人は、老いることをいよいよ恐れるようになるという悪循環である。

　それでも人は老いることをとにかく恐れて、各種健康法に勤しんでいる。その一方で、あんまり長生きしたくないとも思っている。適当に遊んだら、適当なところで、ポックリ死にたい。これでは、人が人生の価値や、老いや死の意味について、じっくり考えて賢くなることなど、なくなるのは当然である。老いるのが嫌で、若さこそが人生だと思っているなら、癌などほうっておけばよいではないか。ポックリ死に憧れずとも、確実に数年以内には死ねるではないか。

　でもそれはそれで、死ぬのもやっぱり嫌だから、ということになる。現代人の人生観は、完全にとっちらかっている。もし自分の人生を、納得して全うしたいと思うなら、遅かれ早かれ、どこかで人は覚悟を決めなければならないのである。

　個人の覚悟は、その意味で明快だけれども、超高齢化社会に突入する近未来、われわれの社会はどうするのか。

安楽死病院の創設を、私は是非とも提案したい。長生きが必ずしもめでたいことではなくなっているのは、他でもない、介護への不安である。若さを失い、そのうえ介護されてまで長生きしたくないと、人はそれを恐れているのである。それなら、触れ合いの助け合い社会、死なせてくれと助けを求める人を助けてあげるのが、筋というものであろう。

助けを求める前にボケてしまうのではないかという不安もある。確かにこれも怖い。だからあらかじめ国と約束しておくのである。要介護になったら、年金で安楽に死なせてくれ。

命を粗末にしているのではない。逆である。考えているのである。命の価値について考えている人は、自殺は後生が悪いと知っている。命とは何か、最期まで考えぬこうとするだろう。したがって、こういう人はボケない。後進に尊敬される老賢者となる。安楽死は不要である。われわれの社会は、実によい循環に入るではないか。

（平成十五年八月十四・二十一日特大号）

権利など必要ない——医者と患者

　父親に付き添って、築地の国立がんセンターに行ったら、張り紙を見つけた。「患者さんの権利」とある。

「1・個人の人格を尊重した診療を受ける権利　2・信頼に基づく医療を受ける権利　3・個人情報保護の権利　4・納得いく説明と情報提供を受ける権利　5・自らの診療録の開示を求める権利　6・自らの意志で検査・治療法などを選択あるいは拒否する権利」

　いっぱいの権利がある。権利だらけである。どうしてこんなにたくさんの権利があるのだろう。

　一昔前までは、医者の尊大、医者の傲慢が、ずいぶん非難されていたように記憶するが、このところ様相が変わってきたのは、医者が弱気になったのか、患者が強気になったのか。患者の権利という言い方を、よく聞くようになった。しかし、右のような事柄は、なぜ「権利」ということになるのだろうか。

　私は考えた。他でもない自分の命である。治療が失敗して死ぬことは避けたい。医者に勝手なことをされてはたまらない。私には自分の命を守る権利がある。勝手なことをするのは許さないぞ。ということなのだろうか。

だとしたら、これは一方的なのではなかろうか。医者は患者を治すのが職業である。わざわざ悪くしようと思っている医者はいない。しかし、相手はたとえば癌である。治るか治らないかは、やってみないとわからない。生きているものが死ぬのは自然であって、医者のせいではないのである。

治るか治らないかわからないものを、共に治そうという合意の下に行なわれるのが、治療という作業である。それは共同の作業である。そう自覚して、患者の意識が高まるのはよいことであろう。だとしたら、それは「権利」ということとは違うのではないか。

あるいは、と私は考えた。ひょっとしたら、医者の側は、患者の「義務」ということを言いたかったのかもしれない。右の条項における「権利」の語を、全部「義務」と読み換えてみるとどうだろう。なんだか腑に落ちないか。

治るか治らないかわからないものを、「お任せします」と言われても、本当は医者は困るはずなのである。ましてや、「お任せします」と言いながら、失敗したと文句を言うのは、もっと困る。わからないものはわからないのだから、あなたもきちんと勉強をして、きちんと覚悟をしてきて下さい。それがこの共同作業における、患者の側の義務なのだ。本当はそう言いたかったのかもしれない。「患者さんへのお願い」と併記して、「病気に関する正確な情報を医療者にお伝えください」とあるのは、たぶんその辺りのことだろう。

自分で自分の病気を治すのは、権利ではなくて義務である。そう考えた方が、少なくとも私には腑に落ちる。またその方が生産的で、お互いのためにもなろう。人任せにする、他力に頼るという構えでない方が、医者の方もやり易いはずである。人任せにするの裏返しは、人のせいにするということだからである。

だから、あれらの権利はすべて、正しくは義務なのだ。と思ったが、条項4に、若干の問題が起こる。「納得いく説明と情報提供を受ける義務」。余命三ヶ月であるという情報の提供を受ける義務が、患者にはあるのかどうか。

これは死生観の問題である。死生観の問題は、権利義務の地平では扱えない。だから権利だ義務だなんてことは言ってもしょうがない。そんなものはしょせんは人間社会の賢しらだと、かねがね私は思っているのだ。生死は自然だ、自然は人知を超えている、そう知って、そう生きる方が、はるかに安らかな生を得られるのではなかろうか。

なべて権利というものの考え方は、人間を卑しくする。生きるのに権利、死ぬのにも権利、命は自分のものだと思っているからだが、その命そのものは自分で得たものではない。命は天与のものである。それを認めるなら、権利など誰に与えられる必要もないと、気がつくはずなのである。

（平成十五年九月二十五日号）

百歳まで生きるとしたら——死

百歳以上の人は、二万人を超えたのだそうだ。こう聞いただけでも、一種壮観である。友人のおじいちゃんは九十五歳、高速を百二十キロでぶっとばす。別の友人のおばあちゃんは九十二歳、フラダンスの練習に余念がない。

敬老どころの話ではない。下手をすれば、私なんかよりはるかに元気である。

むろん、超高齢者のすべてがそのように元気なわけではなくて、寝たきりの人、ボケの人も多いだろう。しかし、あれら死のことなど意に介さないような、元気な年寄りを見るにつけ、やはり鍛えられ方が違うと思う。震災だの戦災だのをくぐり抜け、サバイバルしてきた人々である。おそらく今さら死など怖くはない。いや、死ぬまでは生きているものだと知っている。「私、死なないような気がするの」とは、九十八歳で亡くなった宇野千代女史の至言だが、その意味では正確である。とにかく、生きてる限りは、元気が一番である。

もしも私が百歳まで生きることになったら、どうしよう。そんなに長い間、いったい何をしていよう。

私は先のことを想像するという癖があまりないのだが、無理にもそんなことを想像してみる。しかし、想像してみても、やっぱり何にも出てこない。今とおんなじ、おんなじように、おんなじような考えごとをしているところしか出てこない。ただ、えらくしわくちゃなだけである。しようがない。人は自分のできることしかできないのである。自覚しつつ癖《へき》を全うするのも、ひとつの人生である。

以前、百歳で現役のドイツの哲学者を取材に行ったことがある。「現役の哲学者」とは、いかにも妙で、考えごとから引退するなんてことが、はたして人にあるものか。

一九〇〇年生まれのガダマー氏、十二の時にタイタニックが沈み、十四の時に第一次大戦が始まった。第二次大戦が終わったのは四十五の時、「私は人生の最初の五十年を、戦争の囚人にとられたように思います」。ハイデガーの下で学んだ、ドイツ哲学界の重鎮である。思索する人生、思索の百年である。

哲学者は何について思索するかというと、言ってしまえば当たり前だが、人生についてである。洋の東西、老若男女を問わず、考える人は、人生について考えている。つまり、生きて死ぬとは、どういうことか。存在して無ではないとは、これ如何に。

考える限り、人は同じようなところに至るものだから、我々は楽しく語り合うことができた。長生きの秘訣はと問うたら、妻の手料理という決まり文句が返ってきたから、存在を考えることがそれではないかと問い返した。氏は絶句し、沈思することほぼ三十秒、ニヤリと笑って、「そうね、考えるということ自体が秘密のことだからね」

考えることは喜びである。私もまた四十をすぎて、考えごとがいよいよ美味《おい》しく感じられるようになった。つまり、いろんなことがえも言われず面白くなってきた。生きながら生死の謎を考えるということは、ある意味では、すでに生死を超えることである。そんなふうにして生きるということは、人生を本当に味わい深くする。ましてや、この楽しみには、それこそお終《しま》いということがない。生涯現役、死んでも続くのである。

結局のところ最大の謎は死ぬということなのです、そう語っていたガダマー氏もまた、先頃亡くなった。言わば謎そのものと化したというわけである。こういうことを考える時、私は、どういうわけだか笑いたくなる。あはは、人類とは、いったい何か。

考えるしかないのだが、考える人生にとっての最大の恐怖は、今や、だから死ぬことではなくて、ボケることである。しかし、その心配は、あるようでない。考えている最中、私は自分が誰なのか完全にわからなくなるのだが、これはすでにして幽明の境にいるようなもんだからである。やっぱり、生きても死んでも大差ないのである。

（平成十五年十月二日号）

損か得かの問題なのか——少子化

少子化が問題になっている。

これからの高齢化社会をどう支えるのだという文脈においてである。そうでなければ、誰も他人が子供を作らないことなど、かまうわけがない。しかし、誰も他人や社会のために子供を作るわけではない。ここに問題が生じるらしい。

人が子供を作らなくなった大きな理由は、女性の社会進出にあるそうだ。あとは、経済的理由やら、今後の社会情勢への不安やら、つまるところは、いろいろ計算すると大変であるという結論になる。だから欲しくても産まない、産めない。自分が産んだ子供が将来、産まなかった人の老後をみるのは不公平である、だから産まないという計算までする人もいる。感心するほどの先見の明である。

しかし、ちょっと考えてみたい。現在の我々は、子供を作るの作らないの、まるで先行投資の損か得かみたいに議論したり計算したりしているが、作られて生まれてくる子供とは、言うまでもないが、ひとりの人間である。人格である。だからそれは自分であると思って、考えてみればいい。自分は自分として存在しているのであって、前の世代の損得勘定のために存在しているわけではない。馬鹿にしなさんな。そう思うのは当たり前ではなかろうか。

ところが、この当たり前が、先に生まれて生きている者にはわからない。自分というものは、社会的経済的諸条件によって存在しているものだと、深く思い込んでいるからである。だから、少子化が問題となるその前提自体が間違っていることにも気がつかない。いったい、子供を産むということは、損か得かの問題なのだろうか。

子供を産むということは、損得の問題なのだと人が錯覚するのは、子供というのは、自分が産むものだと思っているからである。唐突に聞こえようが、これは確かにそうなのである。子供とは、自分が作って、自分が産むもの、子供を産むのは自分の意志だと、人は思っているが、しかし、これは間違いなのである。

なるほど、性交をするかしないか、できた子供を産むか産まないかは、ある意味では自分の意志である。しかし、性交をする、すなわち、精子と卵子が結合して受精するという生殖のこの過程そのものは、決して自分の意志ではない。生殖のために必要とされるこの変てこなシステム自体は、断じて人間の意志によるものではない。それは自然の意志と言うべきなのか、とにかく人知を超えた自然の所産である。だから、子供を作るのは自分ではない。子供は天の授かりものなのである。

天の授かりものであるところのものを、人間社会の損得の秤で量るのはおかしい。いや、そも量りようがないところのものを、量れると思うから、せっかくの人生も、損得で量るつまらないものになるのである。

そうは言っても、産んだ子供を現実に育てるのは大変だ、生まれて来る子供も気の毒だ、と言いたくなる。しかし、産みたくて産んだ子供なら、頑張って育てるのは楽しいはずである。さらには、生まれた子供は自分ではない。自分が作って、自分が産んだのだから、子供は自分の子供だと人は言いたくなるのだが、しかし、自分が産んだ子供は自分ではない。他人である。他人の人生を気の毒がるのは、失礼であるか、むしろ傲慢である。

そも少子化とは、誰にとっての問題なのか。産むか産まないかは、完全に個人の問題であって、社会問題になること自体がおかしいのである。人間を馬鹿にしているのである。ましてや、将来生まれてくる人、その当人にとって、少子化問題がどうして問題であるはずがあろうか。

私には子供はいないし、欲しいと思ったこともないが、同じく、他人に老後をみてもらおうと思ったこともない。税金だ年金だなんてのは、くれてやるものだとしか思ってない。自分というものを、社会的経済的諸条件による存在だとは、思っていないからである。

（平成十五年十月九日号）

命は自然に委ねるもの——医療過誤

先の項で「医者も大変である」と書いた。患者は権利を言うけれど、医者は患者を治すのが職業である。わざわざ悪くしようと思っている医者などいないと。

しかし、わざわざ悪くしようとは思わなくとも、うまく実験してやろうと思っている医者はいるようではある。無理に高度な手術によって、患者を死亡させた医者が逮捕された。

詳しい事情は知らないが、功名心と未熟な手術で、ともかく患者は死亡した。手術により患者が死亡して、医者が逮捕された。すなわち、それは殺人とみなされたということである。このことは、あるいは、今後の医療にとって大きな躓きとなるのではなかろうか。

患者は、治りたいと思うから医者へ行く。「治りたい」ということは、つまり、医者は治してくれると信じているということである。そうでなければ人は、医者などへ行くわけがない。何らかの自力によって治そうとするか、何もしないでほっておく。しかし、そうしないで医者へ行く限り、医者は治してくれると、人は必ず信じているのである。

しかし、相手はたとえば癌である。治してくれると信じられても、治るか治らないかは、実は医者にもわからない。最善の努力はするけれども、治らなくて死ぬこともあるかもしれない。本当はそう言いたいのだが、なかなか言えない。患者は、自分にだけは死ぬということはないと、信じているものだからである。

そういう患者の信頼と期待に応えるべく、開発されてきたのが、最先端医療機器や最先端医薬品の数々であろう。以前、取材で訪れたことがあるが、国立がんセンターの陽子線治療施設など、軍事施設かと見まがうばかりのすごいものである。なるほど医療とは、生老病死という天地の自然に闘いを挑むものだと、私は実感したものだ。

けれども、生老病死を天地の自然と実感することを忘れた現代人は、そのような技術開発の陰にある、医者の努力を見落しやすい。ある技術、ある薬品の開発、成功に至るまで、どれだけの実験すなわち犠牲が必要だったかということである。

こういうことを考える時、私がいつも思い出すのは、漢方薬の歴史である。中国四千年の歴史により、その有効性を実証される、すなわちその安全性に問題なしと、人々に認知されるに至るまでに死んだ人の数である。それは累々たるものである。数を超えた堆積である。それを思うと私は遥かな気持になるが、人間の欲望と希望の歴史である。これと同じことを、今の我々は、西洋医学において行なっていると考えてみたら、どうだろう。

生薬トリカブトは、微量ならば著効を挙げるが、ある量以上は致死である。この事実の発見のために死んだ無数の人々は、後の人類のためのありがたい犠牲であったと、思うかどうかということだ。開発された技術の恩恵は享受したいが、自分がその実験の犠牲になるのは御免である。自分の命はひとつしかない。普通の人はそう思うだろう。しかし、ひとたび科学技術という手段によって、天地の自然に逆らうことを選んでしまった以上、我々は誰もそこで腹を括るべきなのではなかろうか。事態は一蓮托生なのではなかろうか。

今度の場合、逮捕された医者の技術は、確かに未熟なものであったうえ、しかも不真面目な態度でもあったらしい。こんな場合は論外であるが、一方で、大きな声では言えないが、何人かあの世へ送るくらいでなければ、医者は一人前にはなれないとも伝え聞く。彼らの学習材料は、生身の患者しかないからである。経験から学ぶということは、失敗から学ぶということだが、失敗を許されない学習は苦しい。だから、この事件などがきっかけで、医者が冒険に弱腰になるとしたら、困るのは実は患者の側であろう。

医者を責めるのは簡単である。もしも彼らを責めるのなら、患者は自分の死生観を明確にしておくべきである。治してくれと頼んでいるのは、あくまでも患者である。医者の失敗を許せないなら、命は自然に委ねるがよろし。

（平成十五年十月十六日号）

＊東京慈恵会医大付属青戸病院で平成十四年十一月、「腹腔鏡手術」を受けた患者が一カ月後に死亡する事故があった。警視庁は、熟練した技術が求められるこの手術を、未熟な医師が担当したことが原因とみて、執刀した医師ら三人を業務上過失致死容疑で逮捕した。

生きてみなければわからない――遺伝子

先の項で、個人の遺伝情報が漏れることで予想される差別のことを書いた。外国では、保険会社が癌の遺伝子をもつ人の加入を拒否したらしい。しかしそれは、人生のわからなさを前提とする保険の思想を、自ら否定するものであると。

けれども、保険会社が勘違いしているように、加入者の側も、勘違いしているかもしれない。件の番組では、癌の遺伝子をもつことがわかった人が、「烙印を押されたようなものだ」と言っていた。この発言が、端的にそれを語っている。遺伝子とは「烙印」、すなわち、そうと決められて逃げられない運命なのである。

しかし、科学的には、その遺伝子をもつということは、そうなる確率が統計的に高いというだけのことである。なるかもしれないし、ならないかもしれない。それは生きてみなければわからない。それならそれは、その遺伝子をもつことを知らずに生きるのと、同じことではなかろうか。

しかし人は、その遺伝子をもつことを知ることで、そのわからなさをわかったことのように思う。そうして、怯えながら生きるか、予防的手段をとることで安心する。癌になってもいない乳房を全部取ってしまって、ベリーハッピーよという人が、アメリカあたりにはいるらしい。ならなかったかもしれないのに。

多くの現代人は、遺伝子が自分のすべてを決めていると思っている。科学がそんなふうに喧伝するからである。病気になることも、こんな体形こんな性格、自分の今がこんなふうであることまですべて、遺伝子が決めていると思うようになっている。どこかの小学生が、僕が勉強ができないのは遺伝子のせいだと言ったそうである。普通、人は自分に都合の悪いことは何かのせいにする。かつてはそれは社会だった。僕が勉強ができないのは社会のせいだ。しかしきょうびは、遺伝子のせいにする手もあるということだ。

ところで、自分がそうであるのは、本当に遺伝子のせいなのだろうか。勉強ができないのは遺伝子のせいだ。遺伝子だから、しょうがない。遺伝子は運命だ。しかし、ここでこそ気がついてみたい。遺伝子は運命だと思うまさにそのことによって、人は、自分で自分の運命を決めているのである。運命は選択なのである。遺伝子のせいにして勉強をしない子が、勉強ができなくなるのは、当たり前ではなかろうか。

あるいは逆に、遺伝子を変えれば運命は変えられると、人は思うかもしれない。おそらくその通りである。じじつ、人の全遺伝子のうち、作用しているのはわずか五パーセントで、残りは潜在状態にあるそうだ。だから、勉強ができるようになるためには、勉強ができる遺伝子を発現させて、作用させればよい。どうすればよいか。勉強すればよいのである。馬鹿みたいな当たり前である。

なべてこの科学的説明というのは、当たり前なことを、わざわざややこしく言うものである。人は、そのなるところのものに、自ずからなっている。物事は、なるようになっていて、ならないようにはなっていない。これは偉大な真理である。宇宙の真相である。なるほどそれを運命というのなら、運命なのかもしれない。しかしそれは、そう生きればそれが運命であるという、当たり前のことでもある。裏から言えば、運命は、人生は、生きてみなければわからない。遺伝子なんて説明は、このわからないことをわかったと思わせるだけのものである。生きてみるなら、それは全く同じことなのである。

それでも人は、このわからないこと、自分の運命を知りたいと願う。これはもう大昔から変わることのない人情の常である。それで人の世からは、占いや八卦の類が絶えたことがない。遺伝子を運命とみなし、一喜一憂する人々を見ると、人類の英知の科学技術も、それらとあまり変わらないように思える。しかし、無駄な抵抗である。そも、なぜ人生なんてものがあるのか、さっぱりわからないのだからである。

（平成十五年十一月十三日号）

ボケた者勝ち――痴呆

若年性アルツハイマーと診断された人が、テレビで語っていた。「痴呆の人が語る心の世界」。痴呆の人が語るというのは、初めてのことらしい。言われてみれば、なるほど痴呆の人とは、語らない人なのだった。

その女性は、数年以内に完全に言葉を失い、その数年後には死ぬと宣告された。現在も、病状は刻々と進行している。名前を忘れる、場所を忘れる、ここがどこだかわからない、今朝したことも思い出せない。「過去も未来もわからないことの恐怖」。

そして、その人にとっての最大の恐怖とは、自分が自分でなくなって死ぬことへの恐怖であるという。「死ぬ時、私は誰になっているのか？」。過去と未来を失うこととは、自分が自分でなくなることである。裏返し、自分とは、過去と未来である。自分とは、過去の記憶と未来の計画で成り立つ存在だと思われているのである。

しかし、本当にそうだろうか。自分とは、自分の過去と未来であるとするなら、その自分を自分だと思っているこの自分とは、誰なのだろう。現在としての、この自分とは？　私はいつも、そんなことばかりを考えている。おかげで、自慢ではないが、今や私は自分が誰なのだか完全にわからない。威張ってもしょうがないが、しかしこれは断言できるのである。普通に生活できているので、決してボケているのではない。

世の九分九厘の人は、自分というのは、自分の名前のことだと思っている。あるいはせいぜいが、肉体を指してその名前で呼ぶ。しかし、名前とは、文字通り名前であろう。名前とは、自分につけられた名前であって、名前が自分であるわけではない。では、名前をつけられているところのその自分とは、誰なのか。

思い出してみるといい。我々、この世に生まれた時、まだ名はなかった。ただ自分であった。その、ただの自分に名が与えられ、人は自分とはその名のことだと思うようになる。つまりこれは、思い込みなのである。人は、自分とはその名だと思い込み、その思い込みのまま、過去から未来へ人生を生きてゆく。そして、そのまま、その思い込み人生を終えているのである。これは驚くべき光景である。

私から見れば、人生の終盤になって痴呆の人が、自分が誰かわからなくなるというのは、したがって、正しい。もともとそうであったところへ戻ったということだからである。思い込みから解放されたということだからである。件の女性も、あれこれ悩んだ末、過去も未来もわからないということは、実は幸福なことではないかと思うに至った。過去の縛りや未来の憂いがないということは、現在しかないということだ。現在しかないということは、人間にとって、最も幸福なことではないのだろうか。

そうだろう。過去も未来も名も肉体も、死ぬ時にはすべて自分からなくなるのである。自分は誰でもない、ただの自分になるのである。人はそれを思って恐怖するが、しかしそれは生まれる前の状態に同じである。けれど人は、それを思って恐怖することはない。「失う」と思うから恐怖なのだ。「手放す」と思えばいい。握り締めていたものどもを手放すのだと。しょせんこの世のことではないか。

したがって、問題は実は、ボケる側ではなくて、ボケられる側にある。これは、死が死ぬ側の問題ではなくて、死なれる側の問題であるのに同じである。ゆえに、死んだ者勝ち、ボケた者勝ちという言い方もある。そうかもしれない。いずれにせよ順番である。この超高齢化社会においては、誰もが死ぬ前に赤ん坊に戻る順番なのだと、皆で腹を括れば、問題は問題でなくなるであろう。

とはいえ私とて、ボケへの恐怖が全くないわけではない。今は、誰でもない自分が、この世ではたまたま池田某をやっているという自覚がある。が、この自覚がなくなる時が、真性にボケる時である。想像してみる。うーん、やっぱり恍惚境だなあ。

（平成十五年十二月四日号）

人生を渡るための舟——健康

しばらく胃の調子が冴えないので、胃カメラを呑んできた。

以前にも一度呑んだことはあるけれど、あんなもの、大嫌いである。言語道断である。体はイヤだと拒否しているのに、有無もなく侵入してくるのはさながら強姦、涙はボロボロ流れるわ、ゲップは絶え間なく漏れ出るわ、苦痛と屈辱も極まるところでようやくおしまい、「ちょっとただれているようですね」。

西洋医学というのは野蛮なものだと、つくづく思う。いかに最先端の科学技術を駆使したところで、そのするところは基本的には、切ったの張ったの捌いたのである。なんかこうもっとエレガントでデリケートなやり方がありはしないか。

東洋医学の考え方は奥が深いぶんだけ、気も長く要る。漢方薬や指圧や気功、なるほど穏やかではあるのだが、効いているのやらいないのやら。

健康のことに気を遣うのは美学に反する。若年の頃はそう思っていた。じっさい、健康だったからである。健康というより、むしろ頑丈といった方がいい。やせてはいるが、大喰いで、普通の成人男子の倍はゆうに食べていた。フランス料理フルコースのあと、ピザ一枚くらい平気である。「まだ食べるの」。連れの男性に驚かれた。体力もある。毎朝のジョギングを一時間二時間、女子マラソン並みである。そして、飲む。いくらでも飲む。たいていの男性は、先に潰れた。それらの一部始終を観察しているくらい、冷静なのである。

そんなふうに憎たらしいほど健康だったものが、三十も半ばになると、なんとなく体が面白くない。疲れやすい、食欲がない、酒量が落ちた。それで人並みなのだとは言われたけれども、本人としては面白くない。あちこち故障が出てくるのが納得できない。体が人生のお荷物だなんてことがあっていいのか。

つまり、それまでは、体が「ある」ということを知らなかったのである。人生とは頭のことだと思っていたのである。ある意味ではそれは今でもそうなのだが、なるほどこの世で生きるということは、体をもって生きるということなのだな。この恐ろしく当たり前なことに、不調を知るようになって初めて気がついた。歳をとるということも同じことだが、体があるとは、なんだこのことだったのか。四十をすぎて、腑に落ちた。

腑に落ちてみると、今度は、健康のありがたさが身にしみる。体のどこにも不快のない状態というのが、いかに貴重な時間であるか。そのように体も心も安らいでいる時間というのは、人生から与えられる僥倖と言っていい。いい仕事のためにも、いい思索のためにも、健康でありたい。私が健康に気を遣い出したのは、つい近年のことである。まさしく人並みになったのである。

と言って、定期検診や人間ドックや、何らかのサプリメントを予防的に飲むといったことではない。健康とは、そういうこととは違うことだ。そも健康とは、病気がない状態のことを言うのだろうか。だとしたら、病気とは何か。もしも病気とは、何らかの病名のことだとすれば、病名とは人間がつけたものであって、自然のものではない。病名をつけられて不安になったり安心したりするのは、したがって不自然である。不自然であることは不健康である。健康とは、自然であることという、これもまたひどく当たり前のことになるのではなかろうか。

この世で生きるということは、体をもって生きるということである。体は自然だから、変化する、壊れる、やがてなくなる。健康とは、そういう自然の事柄に寄り添うというか、いやむしろ離れて見るというか、流れに逆らわず舵を取るような構えのことだろう。体は人生のお荷物だというのは逆、体は人生を渡るための舟なのである。

病気のひとつやふたつあるのもだから当たり前、むしろ病気のひとつも知らないと、人の心はヒダがなくなる。自分の若年を顧みて、今はそんなふうに思う。

（平成十五年十二月二十五日号）

アンチエイジでサルになる――老い

いつまでも若くいたい。アンチエイジング願望が、世の全体に広まっているのだそうだ。

「アンチエイジング」とは、読んで字の如く、「抗加齢」「抗老化」、すなわち老いることに抗うことである。老いるということは、抗われるべき、忌むべき事柄なのである。

そうは言っても、老いるということは、物理的自然現象なのだから、抗って抗いきれるものではない。そのことを、深いところでは人は知っている。だから、抗いきれないその部分を、「成熟」と言い換えて、肯定しようとしてみたりもする。女性誌など、「成熟した女は美しい」という主張の隣に、アンチエイジング化粧品の宣伝が並んでいるのが普通である。これは矛盾している。おそらくは苦しまぎれである。老いたいのか、老いたくないのか、どちらなのか。

しかし、老いるということは、そういうことではそもそもない。老いたいとか老いたくないとか、こっちの側の勝手な願望とは無関係な、端的な事実である。自然の生命現象である。こういう当たり前のことを認識しないから、老いたくない、老いるのが怖いという、無用の恐怖を生きることになる。

したがって、この恐怖、老いへの恐怖というのは、死への恐怖とは似て非なるものである。老いへの恐怖とは、裏返し、若さへの執着である。なぜ若さに執着するかというと、それが快楽の源泉だからである。セックスを筆頭とする種々の快楽や娯楽、その追求に肉体の若さは不可欠である。人生の意味は、快楽の追求にある。快楽の追求にしかない。快楽が失われれば、人生に意味はない。ゆえに、若くなければ生きている意味もない、と、こうなる。

「ピンピンコロリ」が、アンチエイジングに励む人々の合言葉なのだそうだ。ピンピン元気に遊んで生きて、突然コロリと死にたいものだと。

私は、このようなものの考え方に、何となく浅ましいものを感じる。どうせ死んでしまうのだから、死ぬ前に、楽しみたい。楽しむだけ楽しんだら、人生に用はない。だとしたら、サルである。死の何であるかを考えることもなく、ひたすら快楽を追求するための動物的生存である。と言ったら、動物に対して失礼である。動物は動物の仕方で、真摯な生存を全うしているのだからである。

人間が動物と異なるのは、生死の何であるかを考える機能、すなわち精神を所有しているところにある。精神は、誰もが等しくそれを所有して生まれてきたはずのものである。なのに、ほとんど使用されることもなく、どころかその存在すら知られることもなく終了される人生とは、いったい何か。私には、そのような人生は、完全に無内容なものに見える。快楽の追求のためにのみ若さに執着し、中身は無内容のまま年老いたそのような人にこそ、皮肉なことに、「老醜」という形容がふさわしくはないか。

尊敬に値する老人、人生の意味を語れる老賢者はどこにいる。アンチエイジング社会に、そんな人を求めてももう無理である。だから、私は自分で考える。

じっさい、老いるということは、これを否定しさえしなければ、きわめて豊かな経験なのである。四十を過ぎて、私はこのことを実感する。何というのか、この玄妙な味わい、人生の無意味もまた意味のうち、意味でも無意味でもない在ることそのもの、存在と時間、時間の時熟。自身の人生を歴史として味わえる成熟とは、そのまま人類の歴史を自身の人生として味わえる成熟である。この味わい、この思索が、何ともおいしいのである。飽きないのである。このまま六十、七十の歳を迎えるものなら、どのような思索の深みに遊べるものか、ワクワクするところがある。

人生の快楽は、快楽としてむろんある。だからこそ人として生まれて、この快楽を知らずに死ぬのはもったいない。金もかからない。中高年の皆さん、考えることなら、今すぐ始められますよ！

（平成十六年二月二十六日号）

今さらどうして生命倫理——クローン

クローン技術が、さらに進歩したらしい。人間の未受精卵を操作して作ったクローン胚から、体のどんな臓器や組織にでも成長させられるES細胞なるものを作り出すことに成功したと。

この技術を応用すれば、拒絶反応が起きない移植用の臓器や組織などを作ることができ、難病治療の道が開ける。が、一方で、このクローン胚を女性の子宮に戻せば、クローン人間を作ることもできる。新技術の利用にどこで歯止めをかけるべきか、「生命倫理を巡る議論は必至であろう」。

しかし、そんな議論は、したって仕方がないのである。現実に存在している技術は、使いたくなるのが人情で、使うなと言われれば、いよいよ使いたくなるのも決まっているからである。いったん動き出してしまったものに、歯止めをかけることなどできるものではない。そんなことは、実は誰もが深いところではわかっている。いったん動き出してしまったもの、すなわち人間の欲望に歯止めをかける術などないと、我が身のこととして、誰もがわかっているのである。

せんだってでは、アンチエイジング願望について考察したが、基本的にはあれと同じである。老病死という自然を、苦痛として捉え、生の快楽のみ享受したいという人間の欲望は、科学文明という形をとって現われた。なるほど難病治療が可能となるとは、それに苦しむ者、あるいは広く我々一般にとって、喜ばしいことではある。が、難病を治療して、なお生きようとするのはなぜなのか、我々はどこまで明確だろうか。なんのための生存なのかを、我々、どこまで自覚しているものか。

仄聞した話である。何億円かの募金を募り、渡米して臓器移植を受けて生き延びた人、生来の放蕩癖から、ラスベガスで散財し、あげくアル中になって元の木阿弥。「善意の」募金活動は、その人の善に、はたして貢献したものであるか、否か。

「ただ生きることではなく、善く生きることなのだ」と、生存の価値を喝破したのは、二千五百年前のソクラテスである。「善く生きる」とは、通俗道徳の意味ではない。快楽や金銭が生存の価値ならば、定義により、生存そのものには価値はない。逆に、生存そのものが価値ならば、それらなしでも生存は価値であるという、驚くべき当たり前のことである。生命至上主義とは、生存そのものが価値である、生きているならそれでいいとするものである。これに対して、ただ生きてりゃいいってもんじゃない。ただ生きているだけなら、ただ生きているだけなのだから、生きていることが価値であるわけがない。善く生きていない人にとって、なんで生きていることが善いことである道理があるか。

そういう当たり前すぎることを言うから、民主主義の世の中、彼は死刑になった。今日とて同じである。私ですら、何らかの選良思想を述べているのではないかと、怪しまれることがある。まさかそんなことはない。善く生きるならば、生きることは、すべての人にとって平等に善いことであると、言っているだけである。

じっさい、誰のためでもなく、自分のためである。自分のために善く生きるのでなければ、何のための自分の人生だろう。自分のクローンを作りたいと望む人など、よほどの悪趣味でなければいないと思うが、たとえば我が子のクローンならどうだろう。子供は死んだが、また同じのを作ればいい。そんな子供が、はたして大事か。人生が価値であるのは、それが一回的だから価値なのである。取換えのきくものは、価値ではなくなるのである。愚かなり人類は、自らの欲望により、自ら人生の価値を没却しているのである。

言っているうち、空しくなってきた。今さら言ってもしようがない。けれども、有識者による生命倫理論議なんぞよりは、ましなはずである。この畸形的科学技術の時代、いやいつの時代だって、生存の価値は、各人が各人で自身の生存に自覚的であるという、そこにしかないのである。

（平成十六年三月十一日号）

第四章

なぜ人を殺してはいけないのか

死は現実にはあり得ない——自殺

年間の自殺者は三万人を超える。交通事故死者よりずっと多い。とくに最近は中高年の自殺が増えている。

ネット心中の場合は、あれを心中と言うべきなのか、みんなでなんとなく気分にまかせて、といった趣きだが、こちらはおそらくそうではない。おそらく、一人で深く思い詰めて、しかし最後まで周囲を気遣って、という人が多いと思われる。

人間は自殺する唯一の生物である。以前にも述べたけれども、それは、人間が観念としての死をもつからである。観念としての死とは、要するに、現実の死ではないところの死である。しかし、現実の死、つまり自分が現実に死ぬ時には、自分が現実に死ぬのだから、自分が現実に死ぬのではない時の死は、すべて観念としての死である。ということは、生きている限り、人間にとっての死は、すべて観念だということである。死は現実にはあり得ないという、驚くべき当たり前のことである。

当たり前、よく考えると確かにこの通りなのだが、当たり前のことほど人は考えないものだから、多くの人はこの当たり前に気づかないまま、一生を終えることになる。それが、他人事ながら、もったいないと言えばもったいないような感じがする。

自殺する人は、どうして自殺するのだろうか。

絶望して、追い詰められて、他にもどうしようもなくなって、つまり、もうそれ以上生きていたくなくなって、人は自殺するのである。観念であるところの死は、通常は、恐怖されて避けられる対象となるが、この場合は、求められ、欲せられる対象となる。しかし、考えられていない死が、恐怖の対象であるという点は、おそらく変わっていない。ゆえに、この時、死は欲せられながら恐怖されるわけである。恐怖されながら、欲せられるわけである。これはものすごい葛藤であるはずだ。やはり他人事ながら、この葛藤を想像すると、それだけで気の毒な感じになる。

で、この葛藤を超越するために、自殺する人はどうするかというと、衝動に身をまかせるのである。発作的に死ぬのである。たぶんそうだと思う。何がどうあれとにかくもう生きていたくはないのだ。ただその思いだけで、エイヤッと跳ぶのである。

ところで、再び冷静に考えてみたい。人が、「生きていたくない」つまり「死にたい」と思うということは、死ねば、生きなくてすむと思うからである。死ねば、死ねると思うからである。しかし、これは本当なのだろうか。

なるほど、生きなくてすむためには、自分を殺すしか方法はない。自分を殺すということは、自分を無くするということである。自殺する人は、自分を無くすることを欲して、つまり無を欲して、自殺するのである。しかし、死ぬということは、無になるということで、本当にいいのだろうか。

なるほど、死んだ人はいなくなって、無になったように、生きている我々には思える。けれども、死んだ人は死んで無になったと本当に思っているのなら、なんで我々は墓参りなどするものだろうか。なんで心の中で語りかけたりするものだろうか。これは、死んだ人は無になったとはじつは誰も思ってはいないことの、まぎれもない証左であろう。

だからと言って、これは、死後にもなお何かがあるという話とも、ちょっと違う。死後を云々する人とて、生きている人なのだから、そんなのが本当なのかどうかわからないのは道理である。唯一確かに言えるのは、以下の恐るべき当たり前、すなわち、無なんてものは、無いから無である、このことだけなのである。

その意味で、自殺は逃げであるというのは、まったく正しい。我々は、生きることからは逃げられても、無くならないということから逃げられるものではない。そのことをどこかで知っている我々は、それを指して、「後生が悪い」と、正しく言ってきたのである。死なんとする人、待たれよ、しばし。

（平成十五年六月十九日号）

死ねば楽になれるのか！——再び自殺

じっさい、死んで楽になる保証など、どこにもないのである。

自殺する人は、死ねば楽になる、死んで楽になりたい、その一心で自殺するわけだが、死んで楽になる保証など、どこにもないのである。ちょっと考えればすぐわかるはずなのだが、とにかく生きているのが苦しいものだから、「生きているのが苦しい」の裏返しは、「死ねば楽になる」であると、短絡してしまうのであろう。

この短絡が起こるもうひとつの大きな理由がある。先に死んだ人は、死んだことで、楽になったように見えるからである。つまり、もう生きていないから、生きなくてもすんでいるから、楽になったように見えるのである。しかし、ここでもむろん、我々は立止まることができる。

なるほど、死んだ人は生きなくてすむから、楽になったように、生きている我々には見える。しかし、死んだ人自身が本当に楽になっているのかどうか、じつは知れたものではない。そんなことは、我々にはわからない。ひょっとしたら、死ぬということは、とくに自ら死ぬということは、生きていることよりも苦しいことであったとしたら、どうする。

「死んだ人自身」なんてものはない。死ぬということは自分が無になるということなのだと、こう考えることもできる。無になるということが、すなわち、楽になるということなのだと。

しかし、無が楽であるとは、どういうことなのだろうか。無とは、文字通り無なのだから、そこには苦しいも楽しいもないはずである。そんなものは、なんにもないはずである。ゆえに、無になることが楽になることだと言っている人は、無になることが楽になることだと言っているのではない。じつはない。正確には、生きていることの苦しみが無になること、それが楽になることだと言っていることになる。

けれども、ここでもなお我々は立止まることができる。つまり、この理屈によれば、死んで無になれば、生きていることの苦しみがなくなって楽になったと思っている自分もまた、ないはずだということである。楽になったと思っている自分がないのだから、楽になるということも、当然、ない。要するに、生きていることの苦しみが無になることが楽になることだというのは、あくまでも、生きている自分がそう思っているだけだということである。ということは、死ねば楽になるなんてことは、やっぱり、ないということである。

えい、うるさいわ、理屈なんぞはどうでもいいわ。とにかく自分はこの苦しみから逃れたいのだ、死んですべてを無にしたいのだ。かくして人は、自問自答の堂々巡りの末に、衝動的に死ぬのであろう。

ああ、しかし、うるさいようだけれども、それでもなお我々は考えられるのである。いやここでこそ、せめて死ぬ前に一度くらいは、まともにものを考えてみていいのである。なるほど、すべてを無にしたい。しかし、無なんてものは、はたして存在するものであろうか。無は、存在するのであろうか。

なんとまあおかしいじゃないの。無は、存在しないから、無なのであろう。無が存在したら、それは無ではないであろう。なんで死んですべてを無にするなんて芸当が、我々に可能なものであろうか。

じっさい、こんな理屈は、考える必要すらないのである。在るものは在り、無いものは無いなんて理屈は、理屈ですらないのである。理屈以前のたんなる事実、犬が西向きゃ尾は東、みたいなもんである。なあんだ、というようなもんなのである。

とはいえ、だいたいにおいて、当たり前なことほど人は気づかないものである。当たり前なことほど、難しい理屈に聞こえるものである。けれども、右のような理屈が、そんなふうに聞こえ、めんどくさくて死ぬ気がなくなったというのなら、それはそれで、無用の用というものであろう。

（平成十五年六月二十六日号）

死ぬときは一人である――ネット心中

インターネットで仲間を募り、心中するのがはやっている。新手の心中物である。不思議な心性である。いったいこれは何なのか。

私はかねてより、心中する人々の想像力の欠如に驚いている。親子による道連れ心中、残された子供が不憫だから、という心の動きは、わからなくはない。けれども、相愛の男女が共に死ぬこと、すなわち情死、この心性を考えるだに、悪いけれども、私はぷっと吹き出したくなるのである。

「死んであの世で添い遂げようぞ」は、近松以来の心中の大原則だけれども、どう考えたって、これは変ではないか。可笑《おか》しいではないか。あの世で添い遂げられる保証はないのに、そう思い込んでいるということが変なのではない。一緒に死ねば、一緒に死ねると思い込んでいる、このことが変なのである。なんで、一緒に死ねば、一緒に死ねるはずがあるのだろうか。

当たり前すぎて、よくわからないかもしれない。たとえば、我々は、毎晩眠るけれども、眠る時はいつだって独りである。二人で並んで眠ろうが、大勢ごっちゃになって眠ろうが、眠る時、眠り込む時には、必ず独りである。隣りの人と一緒に眠って、一緒に夢を見るということは、絶対にない。眠るということは、完全に独りきりの、自分だけの出来事なのである。

これを敷衍すれば、目覚めている時だって、同じである。人は、目覚めている世界には大勢の人がいるので、大勢の人と共に生きていると思いがちだけれども、そうではない。大勢の人が生きているその世界を見、その世界を生きているのは、どこまでもこの自分でしかない。自分というのは、眠っていようが起きていようが、完全に独りなのである。

それなら、なんで死ぬ時にだけ、他人と一緒に死ねる道理があるだろうか。手首を結んで死のうが、固く抱き合って死のうが、死ぬ時、死ぬ瞬間には、別々であるのは決まっている。抱き合ったままあの世に行けるわけではないのである。もし抱き合ったままあの世に行けるのなら、この世で生きているのと同じことなのだから、それならべつに死ぬ理由はないはずなのである。

ふと気がつけば、あまりに当たり前なことなのだが、古今の心中する人々は、みなこの甘い勘違いにはまっている。大正や昭和の初期にかけては、名だたる文士たちが多く心中したけれども、彼らにしてすら、この種の想像力は、見事に欠落していたのである。

それでも、この勘違い、相愛の男女が心中するという勘違いについてなら、ああそんなに好き合っていたんだな、その意味ではほほえましく感じなくはない。が、理解できないのが、このネット心中である。死ぬために知り合って、一緒に死ぬという心性である。

死にたいのだが、一人で死ぬのは怖い。しかし、一緒に死んでくれる親しい人もいない。というのが理由であるらしい。死にたい気持を共有し合えて、初めて友情を知ったというのもあるらしい。これはあまりに淋しい。

淋しいけれども、ここは冷静に考えていただきたい。なるほど、みんなで死ねば怖くないと思うのかもしれないが、みんなで死んでも、みんなで死ねるものではない。死ぬ時には、人は必ず独りである。

ましてや、想像してみるといい。みんなで死ぬはずだったのだが、周囲のみんなは、一人死に、二人死に、先に死んでしまったのが気配でわかる。しかし、自分はまだ生きている。独りで取り残されて、独りで死ぬのを待っている。しまった、死ぬ時はやっぱり独りだった。気がついて、後悔しても、もう遅い。ずるいじゃないか、みんなで死のうって言ったのに。向こうで会おうって言ったのに。これは全然そういうことじゃなかった。しかしもう遅い。

こういう死に方、死を待つ時間の方が、よほど怖いのではなかろうか。死ぬという経験は、人生で一度しかできないのだから、よく考えてからでないと、もったいない。

（平成十五年六月五日号）

＊平成十五年二月、入間市の空きアパートで男女三人が、練炭入りの七輪による一酸化炭素中毒で自殺。三月には三重と徳島で、五月には京都で、同じような事件が起きた。いずれもインターネットで知り合った、浅い間柄の若者たちだった。

「死ぬ」ことの意味がわかっていない――少年犯罪

この頃は、人がすぐに人を殺す。あまり思いあぐねたふうでもなく、衝動的にか、成り行きまかせで、人がすぐに人を殺すことが増えたのではないか。

と思っていたら、今度は子供が子供を殺した。それも、「普通の」子供の犯行だったというので、世間は驚いている。そして、例によって、「心の闇」探しである。

しかし私は、それはそういうことではないように思う。母親が甘いとか、性的な興味とか、そんなことなら、思春期の子の誰にでもあることだ。とくに「闇」と呼ばれるべき部分でもない。むしろ逆に、思春期の子なら誰にでもあるはずの、自我の葛藤とか、人生への問いとか、そういうものが彼らには欠落しているのではないか。彼らの心には「闇」がないことの方が、問題なのではないか。

「心の闇」すなわち心の襞というのは、自分とは何かとか、他者とは何かとか、人生にとって大事な問いを、あれこれ思い悩むことで形成される。しかし、そういう問いを問うべき時期に、問うことをしないと、人の心は襞がなくツルンとしたままである。すぐに殺す子らを見ていると、この子らは罪悪感という感情すら知らないのではないかと思う。

やはり、映画やテレビやゲームの影響が大きいはずだ。本を読んで考えるという経験は、人の心を嬰々にする最大の経験である。それが言葉というものの力でもある。ゆえに、本も読まず、物も考えず、日がな画面で戦闘ゲームに興じる子供の心が、ツルンと機械じみてくるのは必至なのである。ゲームで人を殺し慣れている彼らには、「人を殺す」ということの意味が、おそらくわかっていない。より正確には、「人が死ぬ」ということの意味が、わかっていない。

幼児を落として殺した子供は、死んでいるのを見て、「怖くなった」と言っていた。人の死を、初めて生《なま》で、見たのである。リンチで仲間を殺した子らは、「死んでいるとわかったので埋めた」と言っていた。それならなぜ、生きていると先にわからなかったのか。彼らには、死んでいるということも、実はわかってはいなかった。が、映画ではこんなふうにしていたなと、真似して埋めただけではないか。

ちょっと前、「死ぬとはどういうことなのか」と、人を殺した少年がいた。ここにその心性が端的に現われている。死を知りたいと言って、なぜ他人を殺すのか。他人を殺したところで、死の何であるかがわかるわけがない。死の何であるかを知りたいのなら、自分が死んでみるべきではないか。

おそらく彼らは、それまで人の死ぬのに会ったことがない。それで、死ぬという、人間にとって最も根源的な出来事を、他人事としてしか理解できないのである。映画やゲームで見るように、全部が他人事として流れてゆくのである。映画の中で死んだ人は、いなくなったわけではないし、ゲームの中で死んだ人は、リセットボタンで生き返る。これでは、人が生死の謎について思い巡らすことなど、なくなるのは当然である。けれども、今の世は大人たちとて大同小異だから、そういう子らを、どう教育すればいいか、わからない。「命は大事なものだと教えよう」と言う。それなら、なぜあなたは命は大事なものだと思うのか。命とは何か。大人とて答えに窮するであろう。ましてや、命は大事なものだという実感がそもそもないところへ、そんなお題目、無理に決まっている。

とりあえずの対策としては、殺人ゲームを取り締まるべきであろう。ゲーム産業は経済の柱でもある。しかし、経済発展をとるのか、心の教育をとるのか、政府は覚悟を決めるべきであろう。もしどうしてもゲーム産業を捨てたくないのであれば、恋愛ゲームに限ればよい。少子化対策にもなる。

それはさておき、「普通の」子供がそんなふうになりつつあるなら、「普通」ということの意味も、変わってくる。特異な子供の心の闇という犯人探しは、そろそろ限界であろう。我々は全体で変わらなければならない。

（平成十五年七月三十一日号）

＊平成十五年七月、長崎市の中学一年生が立体駐車場の屋上から園児を突き落とし殺害、少年法に基づき補導された。いたずら目的で誘拐した末の犯行だった。

十八歳と十六歳の少年少女が、結婚したいために、それぞれの家族の皆殺しを企てた。調べによれば、彼らは、皆殺しして結婚してしばらくのち、次には心中するつもりだったそうだ。

何が何だか、よくわからない。どうしてこうなるのかが、理解できない。言うところの「短絡的犯行」ですら今やないのではなかろうか。「短絡」というのは、普通A↓B↓Cという手順を踏むところ、BをとばしてA↓Cとなることを言うだろう。傍から見れば、A↓Cの間にBがあるだろうということは、理解できる。だからそれを指して「短絡」と言えるのである。

しかし、この場合は、入力と出力の間に、理解可能な中間項が脱落している。「結婚したい」と「家族を殺す」の間が、わからない。「家族を殺す」と「心中する」の間も、わからない。どのような回路を辿ってこうなるのかが、どうにもわからないのである。

なるほど私もまた、何を言っているのかわからないと言われることは多い。しかしそれは、短絡のためではなくて、短気のためである。極端に短気な性格のために、「説明する」という手間が、面倒くさい。面倒くさがらずに順を追って説明すれば、じつは万人が納得することとしか言ってはいないのである。

しかし、あの少年少女の場合、たとえA→Cの間にあるものを自ら説明したとしても、万人が納得するということはあり得ない。なるほどそういう回路もあるものかという仕方で理解することはできる。つまり漫画である。しかし、どうしてそういう回路になるのかが、わからないのである。

しかし、あの彼らは「異常」ということでもないように感じる。精神鑑定も行なわれるそうだが、おそらく医学的な異常は何も出ない。私は素人なので勝手なことが言えるが、「異常」ということは、何かもっと違うことだ。どうしてこうなるのかわからない、というより、何を言っているのかわからない、という方が、もっと異常なのではなかろうか。彼らの場合、その行動の仕方は理解できないが、何を言っているのかは、少なくとも理解できる。

あの神戸の少年Aが、収監を解かれて出てきたのだそうだ。取材記事を読んだが、彼は、信頼する担当教官の結婚相手が見つかることを願い、「ミドリガメの甲羅をエアガンで木っ端微塵に吹っ飛ばしたような人と出会ってほしい」と表現したそうだ。

私は、このような心性を、端的に「異常」と感じる。何を言っているのかが、さっぱりわからない。我々と言語すなわち意味体系を共有していない。このような心性が「更生」することの可能性を、私は疑うものである。彼は明らかに異常な精神の所有者である。

けれども、あの種の異常者は、じつはどの時代にも存在したのである。民話や伝説を見てみれば、あの手の話はたくさん出てくる。鬼が出て、子供の首をとって飛んで逃げたそうだ。ああ恐ろしや。

その意味で、少年Aの異常性には、何か時代を超えた普遍性を私は感じる。彼の不気味さは、非常に古典的なものである。

けれども、あれらの少年少女には、そういったものを感じない。おそらくは、漫画や映画やインターネットの影響を受けて育った時代の子だろう。その意味では、彼らに理解不能な異常さはないと言える。しかし、逆にその方が、社会にとっては、不気味なことなのではなかろうか。

少年Aのような者なら、常人には理解不能な異常な者、折にふれこの世を訪なう異界の者という納得の仕方ができる。納得して、畏怖することができる。しかし、あれらの子供らは、そういうことでもしなければ、全く普通の子供らである。全く普通の子供らが、どこことはなしに少しずつ変になっている。この方が、社会にとっては始末に負えない。社会が全体でいっせいに更生して改心する以外、あれらの心性が変わることはありえないからである。どうすればそんなことができる。

(平成十五年十一月二十七日号)

＊平成十五年十一月一日、大阪府の大学一年の少年と高校一年の少女が、両家の家族皆殺しを計画。少年の母親が殺害され、父親と弟に重傷を負わせた。

さて大人はどう答えるか——善悪

子供の非行に歯止めがかからないので、文部科学省が慌てている。「抽象的にではなく言葉で善悪を教えよ」と、大臣が言ったとか言わないとか。かなりのパニックであることが、この発言からもわかる。抽象的にではなく具体的にしようとすると、「市中引回しのうえ打ち首」ということになるのだろうか。いずれにせよ、あまり実効がありそうには思えない。

大人たちがパニックになるのは、実は自分たち自身が、善悪の何であるかを知らないからに他ならない。知らないものは教えようがない。彼らは、自分たち自身の無内容を改めて知り、実はそのことに慌てているのである。

子供に善悪を教えるにはどうすればいいか。おそらく彼らはとりあえず、「万引きは悪い」「売春は悪い」「人殺しは悪い」と教えるだろう。しかし、もしこれが「教える」ことであるなら、「なんで悪いの」という子供の問いには、答えられなければならない。教えるとは、自分が知っていることを教えることのはずだからである。さて大人はどう答えるか。

おそらく答えられない。あるいは苦しまぎれに、「悪いものは悪い」「悪いに決まっている」と、答えるかもしれない。それなら子供は言うだろう。「だって大人だってしてるじゃないか」

じっさい、警官が泥棒したり、教師が買春したり、互いにわけなく殺し合ったりしている大人の口から、言えた義理ではあるまい。善悪を教えること自体の偽善を、子供は正しく看破するのである。

ではどうするか。皆がしているからといって、悪いことが善いことになるわけではない。これを教えなければならないのである。なぜ善いことは善いことで、悪いことは悪いのか。

ほとんどの人は、善悪とは社会的なものだと思っている。人に迷惑をかけなければ何をやってもいいのだと、実のところは思っている。「自分さえ善ければ善い」という言い方が、端的にそれである。これをもう少し巧みに言うと、「自分に正直に生きたい」となる。自分に正直に買春し、自分に正直に殺人するのも、法律に触れなければ、善いことなのである。

しかしこれは間違いである。善いということは、社会にとって善いことなのではなく、自分にとって善いということなのである。おそらく、殺人者とて言うだろう。「自分にとって善かったから殺したのだ」と。

この時の「自分」が問題なのである。普通は人は、自分は自分だ、自分の命は自分のものだと思っている。だから、自分の生きたいように生きてなぜ悪いという理屈になる。

むろん悪くない。いや正確には、人は自分が善いと思うようにしか生きられない。だからこそ、それを善いとしているその「自分」の何であるかが、問題なのである。自分の命は自分のものだ。本当にそうだろうか。誰が自分で命を創ったか。両親ではない。両親の命は誰が創ったか。命は誰が創ったのか。

よく考えると、命というものは、自分のものではないどころか、誰が創ったのかもわからない、おそろしく不思議なものである。言わば、自分が人生を生きているのではなく、その何かがこの自分を生きているといったものである。ひょっとしたら、自分というのは、単に生まれてから死ぬまでのことではないのかもしれない。いったいこれはどういうことなのか。

こういった感覚、この不思議の感覚に気づかせる以外に、子供に善悪を教えることは不可能である。これは抽象ではない。言葉によってそれを教えるとは、考えさせるということだ。考えて気づいたことだけが、具体的なことなのだ。

気づいてのち知る善悪は、何がしか「天」とか「自然」とか、そういったものに近いはずだ。人が、個人などという錯覚を信じ、天を忘れるほど、世は乱れるのは当然である。しかしそれも、たかだかここ数百年のことにすぎない。古人たちは知っていたのだ、「天網恢恢疎にして漏らさず」。

（平成十五年八月七日号）

一人でさっさと死ねばいい——宅間守

小学校に乱入して、たくさんの子供を殺したあの男は、死刑になりたかったのだそうだ。つまり、死にたかったということだ。

それなら、人を殺して死刑にしてもらうなどという二度手間をせずに、一人でさっさと死ねばいい。普通はそう思う。自分が死ぬために他人を殺すな。迷惑だ。

ところが、一人で死ぬのも悔やしいから、できるだけ他人を殺して死んでやる。こういう回路が、普通でないところで、他人や社会への憎悪の量が、あの男は半端ではない。他人や社会への憎悪というのは、自分への憎悪に他ならない。だから死んでやるということになるのだが、死んでやるとは、いったい誰に向かって言っているつもりか。自分が死ぬのを、誰に見せつけたいのか。

あんたが死ぬのなんぞ、私には関係ない。そう言われるのがまた悔やしいから、だから他人を殺して死んでやるということになる。処置なしである。この男が本当に憎んでいるのは自分なのだから、死んでやるというのは、実は自分に向かって言っているのである。自分が死ぬのを自分に見せつけたいのである。おい、死んでやるぞ、どうだ、ざまあみろ。

それは自分だけの楽しみなのだから、他人になんか見せてたまるか。俺が死刑を宣告されるところを見て遺族は喜ぶだろうから、見せてやらない、とも言ったそうである。この根性の曲がり方は、感心するくらいに一貫している。自分の死にたい死に方を全うする。その意味では、あの男、死に方上手と言っていい。

あんな人間の死に方上手に利用された死刑制度も、いい迷惑である。死刑制度に賛否はあるが、報復の感情をとるか、更生の可能性をとるかで、大別されるようである。

いかな悪事を為した人間とて、生きている限り更生の可能性はある。だから殺してはならない。しかしたとえば宅間を見よ。反省するどころか、いよいよはずみがついている。たいていの人間は、死を前にすると、それまでの自分を悔い、改めようという心の動きが起こるものである。死とは再生なのである。しかしそれが起こらない場合もある。その場合は、報復の感情が勝つ。

私は、ある死刑未決囚を知っている。雑誌で公開往復書簡をしたことがあり、その経緯は拙著（『死と生きる』新潮社）に詳しいが、これは宅間とは対極的な例である。

金こそすべてと、獣のように生きていたと自分で言う彼は、人を殺して逮捕され、拘禁されて、初めて気がついた。「なんていうことをしてしまったのか」。罪の重さに苦しみ、罰の重さに怯え、悩みに悩んだ。あらゆる本を読み、言葉を求め、ある言葉により、豁然と開けた。「死を恐れず、下劣であることを恐れる」。これこそが真実の生き方なのだ。これからは、こうして生きてゆこう。

この人間は、それは見事に回心した。裁判官に向かって言うには、「死刑になってもならなくても、善く生き、死んでいくこと、正しくあることが、私がこの先できる唯一の償いなのだ」。精神の善性に目覚めることで、生死を超越してしまったのである。

じっさい、判決はまだなのだが、今や彼は、生きても死んでも、どっちでもいいのである。本当はどっちでもいいのだが、償いをするためには生きていなければならない。なぜ人は殺人を悪と感じるのかについて、経験者としての思索を深め、世の役に立てるべく、書き物を進めているようである。

おそらくこれは、きわめて稀な例ではあろう。しかしこんな例もあるのである。人間の精神はわからない。つまりいかなる可能性もあるということだ。我々はそれを、死刑囚という、その意味で極端な例に見るが、実は誰も同じである。

もう死んだつもりで生きてみるというのはよいことだ。死者の眼で見るのはよいことだ。この透明な視線には、いろんなことがよく見えるようになるようである。

（平成十五年九月十八日号）

＊平成十三年六月、大阪教育大付属池田小で児童八人を殺害、教諭を含む十五人に怪我をさせたとして、殺人などの罪に問われた宅間守被告に、八月二十八日大阪地裁は死刑判決を下した。宅間被告の弁護団は一旦大阪高裁に控訴したが、被告の意志を受け入れ、控訴を取り下げ、死刑が確定した。

何を信じていたのか――オウム

麻原彰晃は、「自分はやってない。弟子がやった」と言っているそうだ。

言い逃れをするということは、死刑になりたくないということである。死にたくないということである。自分が死にたくないために、弟子に罪をなすりつける教祖の姿を、元信者、現信者たちは、どんなふうに見ているのだろうか。

まがりなりにも教祖である。教祖の役目というのは、信者に死の恐怖を超越することを教えることにある。しかし、この教祖は、どんなふうに死を恐怖しているのかは定かでないが、死にたくないために言い逃れをしている。教祖を信じたために、死刑になる信者も大勢いるというのにである。信じる方も信じる方だが、信じさせる方も信じさせる方である。双方ともに、いったい「何を」信じていたのだろう。あんなイカサマ師を、「本物の宗教家」と弁護する側も、相当に変である。

そんなふうだから、宗教を信じていない多くの人は、「だから宗教はイヤなんだ」と一般化することになる。本物の宗教も偽物の宗教も一緒くたである。じゃあ本物と偽物をどう見分けるのかとも問われるだろう。しかしそれは、他人に問う問いではない。その信心が本物か偽物かは、本人にしかわからない。しかも、偽の信心は、本人にはわからない。しかし、他人にはそれは実はわかるのである。偽の信心は、必ずそれを他人に強要するものだからである。

仮に、宗教の目的を死の恐怖の超越にあるとするなら、それは完全に個人の問題である。死ぬのは自分でしかないからである。誰か教祖の言うことを聞くにせよ、それは自分ひとりでしかできないことのはずである。集団になって為されるべき性質のことではない。なのに、古来ほとんどの宗教は、この「教団」という形態をとる。信者を増やすことがその目的になるのなら、完全な本末転倒である。この世で信者を増やせば、あの世で救われると教えるのかもしれない。つまり、救われないかもしれないことへの恐怖は、少しも超越されていないということだ。

まあじっさい、この「信じる」という言葉は、とにかく厄介である。おそらく、本物の信心は、大地の存在を信じるのと同じ仕方で、神仏の存在を信じている。「私は大地の存在を信じている」と、他人に表明する者はいないであろう。表明するまでもない常識だからである。常識は、信じるものではなく認めるものである。だから、「私は神仏を信じている」とは、他人にわざわざ言わなくてもいいようなことなのである。他人に向かってそれを言うのは、自分のうちに不安をみるからだろう。しかし、自分の不安はどこまでも自分の不安である。打ち消すために、「信じます」と何百回怒鳴り上げても、暗示の域は出ないはずである。

私の友人に、クリスチャンでありヒンズー教徒である人がいる。彼において、それは少しも矛盾しない。認めてしまうなら、要するに何でもいいのである。大地の存在が常識であるように、神仏の存在も常識である。たまたま地域によって、その呼び名が違うだけである。大地は、世界中地球上どこへ行っても同じ大地である。

私はと言えば、とくに宗教はもっていないが、死の恐怖もまたもっていない。死の恐怖を超越するためには、必ずしも宗教でなくてもよい。「超越」というから、なんか大変なことのようにも聞こえるが、気がついてしまえば、なあんだというようなもんである。なあんだ、何もかも存在しているじゃないか。

さて、麻原彰晃だが、どこまで見苦しい死に方をするものか、見ものである。彼ら言うところの「カルマ」というのを、あれだけ積んだのだから、やはり自分は地獄へ落ちると怯えているものだろうか。自分がでっちあげた教義の数々を、今どんなふうに信じているものだろうか。神仏に祈ることを、やはり最期にはするものだろうか。死に臨む心境を聞いてみたい。すごく興味がある。

（平成十五年十一月二十日号）

虐待するなら子供を作るな――親

子供の虐待が相次いでいる。他人の子供ではない。自分の子供である。虐待するくらいなら、作らなければいいのに。普通はそう思う。「邪魔だった」「死ねばいいと思った」、あれらの親たちは、そう供述する。なら最初から作らなければいいのに。

つまり、作る気はなかったけれども出来ちゃった、ということなのだろう。親になる気はなかったけれども、性交したからなっちゃった。

というふうな流れによって親になった親というのは、世の親たちのうちでどれくらいな割合なのだろうか。そんな調査があったものかどうか知らないが、少々の興味はある。つまり、人間存在における自然と自覚の問題、もしくは自由意志とは何かを考察するための材料として。

おそらくは、半分くらいだろうか。動物は、その自然にまかせて性交し、子供を作る。人間もまた動物の一種として、半分はそうである。けれども、もう半分で、人間は動物と異なり自由意志をもつから、自身の行為の何であるかを自覚することができる。すなわち、自然にまかせて性交している己れの行為とは、いったい何であるのか。それは繁殖のためであるのか、快楽のためであるのか、なにゆえに自分は今かくもけったいな行為に励んでいるのであるか。

といった理性的考察を経ることなく、性交したからできちゃった、ということ自体は、字義通りの自然である。とくに無責任なことではない。責任という概念自体が、人為のものだからである。しかし、出来ちゃった子供を育てないのは、完全に無責任である。自然的動物の親たちを見よ。どれもが確実に己れの子供を慈しみ育てているではないか。

したがって、あれら虐待する親たちを指して、「人間ではない」と人は言うが、これは逆なのである。人間だからこそ、あのような所行が可能なのである。もしも人間が完全に自然的な存在であり、その自然にまかせて子供を作ったのなら、やはりその自然にまかせて子供を育てるはずなのである。

けれども、人間は半端に自然を脱した存在だから、自然ではあり得ない勝手なことを、意志と称してあれこれ仕出かす。しかし、自分が何をしているのかを理性により自覚しないそのような人間は、だからなるほど未だ人間ではない。しかし動物でもない。何かそのような異種動物的人間が存在するから、人間社会は責任という人為的概念を必要とするのである。

それら動物人間の親たちを指して、「親である資格がない」とも人は言う。が、もしそれを言うなら、性交する資格をこそ問うべきであろう。親であるのに資格はいらない。性交することができる人間なら、誰でも自ずから親になることはできるのである。努力も能力も必要ないのである。これは、よく考えると、とんでもないことではなかろうか。

親であるということは、一人の人間を肉体的にも精神的にも一人前の人間に育て上げるということである。これは、ある意味では、この世で最も難しい仕事である。対して、性交するということには、努力も能力も必要ない。自然にまかせて致せばよろしいだけである。ゆえにこれは、ある意味では、この世で最も易しい行為である。つまり、人間においては、最も難しいことと最も易しいことが、同一の事柄として抱き合わせになっているのである。ここに、人間存在の矛盾と困難がある。これは存在構造の問題なのである。なぜ我々はいつもかくも問題的な存在なのか。

虐待を受けながら、逃げ出さなかった中学生について、「恥ずかしかったのだろう」と、同級生が語っていた。おそらくそうだろう。虐待を受けているということが恥ずかしい。虐待する親であるということが恥ずかしい。そんな親のことを悪く言われるのが恥ずかしい。自意識の過敏な時期である。その子の心中を思うと、本当に気の毒である。


（平成十六年四月一日号）

第五章

信じなくても救われる

わからないということが、わかっていない——あの世とこの世

白装束の人々というのは、宗教団体なのだそうである。

私は最初、電磁波がどうの言っている研究所だと聞いたので、その通りに何か科学的採集をしながら移動している人々なのだろうと思っていた。が、そうではなくて、反対に、あれは宗教的行動なのだそうである。奇矯な行動をする人というと、必ずそこに宗教が出てくるのが、今さらながら、不思議である。

現代の我々は、宗教と聞くと、反射的に、いかがわしい、危険であると思ってしまう癖がある。が、本来は、宗教が危険なものである理由はないはずである。苦しみからの救済とか、死後の魂のありようとか、すべての人間が自然に関心をもつところの事柄を扱っているだけだからである。

ところが、それら「あの世の」事柄を扱うと、「この世の」行動が、どうしてか奇矯なものになりがちである。どうして、そうなるのか。

ちょっと考えればすぐわかることなのだが、「この世の」我々には、「あの世の」ことは、わからない。わかるかのように語る人がいても、その人もこの世の人である。この世の人が語るあの世のことである。したがって、それが本当にあの世のことであるのか

どうかは、わからない。この世の我々には、あの世のことは、やっぱりわからないのである。

わからない、わかるはずがないことなのに、わかる、わかったと思い込むのが、この場合の「信じる」ということである。わかるはずがないことを、わかったと信じ込むのである。なぜ信じ込むかというと、苦しみから救済されたかったり、死後の魂を憂えたりするからである。しかし、まさにそれこそが、我々には決してわかるはずがない当のことではなかったか。つまり、信じる人は、わからないということが、わかっていないのである。

けれども、さらに考えると面白いのは、信じる人も、ある意味では、それはわからないことだとわかっているということである。だからこそ、それをわかっていることとして、無理に信じようとするのである。もし本当にわかっているのなら、わかっているのだから、別に信じる必要はないはずではないか。普通に生きて死ねば同じことではないか。

わからないことをわかると信じるところに間違いが起こるのだから、わからないとわかることはどうすればいいか。

言うまでもない。考えればいいのである。信じるのではなく、考えるのである。考えるということは、あらゆる思い込み信じ込みすなわち観念を、その根底から粉砕することである。たとえばこの場合なら、この世の苦しみとか、あの世の魂とか、人はわかったふうに言うけれども、そもそも何をもって「この世」と言い、何をもって「あの世」と言っているのか。

そんなふうに考えてゆくと、「この世」も「あの世」も実はなくて、そんなものは我々が勝手に作り出した観念だということが、はっきりわかったりするのである。この世もあの世もないのだから、今さら何を無理矢理信じる必要があるだろう。やっぱり普通に生きて死ねば、同じことなのである。

さらには、考える、人が一人で考えるぶんには、教祖も教団も不要である。お布施は一円も必要がない。こんなに安上がりで確実な自己救済法はないのである。ましてや、最初から思い込みをもたない人なら、考える必要すらない。

ところで、わからないことをわかる方法は、哲学ではなくて科学ではないかと言う人もあろう。しかし、あれはあれで問題がなくはないのである。科学によればすべてがわかると思い込むとは、わからないということが、わかっていない。遺伝子がすべて解読されたところで、人が生きて死ぬということそのものの謎は、ほんの少しも動いていないのである。

にもかかわらず、科学者が言うからそうなのだと、現代人のほとんどは思い込んでいる。これは立派に宗教である。

（平成十五年五月二十九日号）

死んだらどうなる――墓

ゴールデンウィークの、お日柄もよい一日、墓を買いに行った。私の墓ではない。父と母との墓である。彼らの田舎に買ってあるそれを売却して、都心のそれに買い替えたいので、つき合えと言う。

ええ？　なんでわざわざ、そんなもったいなくもめんどくさいこと。渋い顔をしたら、

「遠いとお前たちが来てくれんからな」

今ですら実家には滅多に顔を出さないので、死んだら一顧だにしなくなるのではないかと、それを案じているのである。

大丈夫だって、お盆お彼岸くらいは行ってあげるから、淋しくないって。

言いながら、笑ってしまう。淋しいの淋しくないの、つまりまだ生きているつもりである。しかし、墓とは、死んでのち入るものではないか。

しかし、改めて考えると、生きているうちに墓を買うとは、なるほどそのようなつもりでなければできないのである。死んだら、いなくなる。たいてい人はそう思っている。しかし、本当にそう思っているのなら、なんで墓など買うだろうか。いなくなるなら、いなくなるのだから、なんで墓が要るのだろうか。

つまり、人は、死んだらいなくなるとは本当は思っていないのである。死んでも「いる」と、どこかで思っているのである。そうでなければ、なんで墓など買うだろうか。ところが、人には、この、死んでも「いる」ということの意味が、わからない。死んでいなくなった人は、いなくなったのだから、訊くわけにはゆかない。いや、そもいるのかいないのかわからない。いると思っているから墓参りにも行くわけだが、いなくなったから墓に入ったのでもある。しかし、いなくなったと本当に思っているなら、なんで墓参りに行くものだろうか。

よくよく考えると、人にはこのことの意味、つまり「死ぬ」とはどういうことなのか、さっぱりわからない。わからないまま、わかったつもりで、墓など買おうとするものだから、いよいよわけがわからなくなる。

我々が訪れたのは、麻布のさる著名なお寺なのだが、案内の人はそのへんのところ心得たもので、その勧め方は、完全に不動産のそれである。地の利がよく、見晴らし日当たりがよく、「きっと御満足いただけます」。

とくに母など単純な人なので、「お父さんは冷え性だから、こういう暖かいところがいいわね」。

死ぬとはどういうことなのかわからないからこそ、これが正しく実感なのであろう。生きている感じによらなければ、死んでいる感じなど、わかりようがないではないか。なべてこのように、生死の接する境い目というのは、世界の逆説的構造が端的に現われる地点であって、この地点から、この世界を観察するのは、たいそう面白いのである。「ここに眠る」と、とある墓石に書いてある。「眠る」と。

しかし、眠るのは生きている者に限られるのであって、死んだ者は眠らない。死んだ者は死んだのであって、眠っているのではない。眠っているのなら、起きるのでなければ、おかしいではないか。それなら、いっそこう書けばいいのである。「Don't disturb」「××大学名誉教授」と、書いてある墓もある。これなども、生きているつもりで死ぬの例である。いないはずなのに故人は、誰がそれを言えると思ったのだろうか。

楽しいお墓ウォッチング。墓地は、死ぬという全くわけのわからない事態に対処するために、人類が編み出した涙ぐましい知恵の集積である。そう思ってあれらを見ると、全く違う世界が展けるのである。死ぬということは、どう考えても相当に変なのである。

それはさておき、都心一等地の物件は墓石込みで一千万円は下らない。とんでもない！　そんなの買うなら、あたしにマンション買ってよ。生きてる人の場所もないのに。そうだなあ、あんな狭いところに入るのは窮屈そうだしなあ。父親も二の足を踏んでいる。

（平成十五年七月十日号）

再び、死んだらどうなる——葬式

墓を買うという行為は、よく考えるとかなり変なのだったが、葬式というイベントも、やはり同じく変なものである。

主人と同じ墓に入るのは嫌です、と言う人がいるように、俺が死んでも葬式は要らないよ、と言う人もいる。どちらも、生きているのと同じつもり。生きているのの続きのつもり。

自分の葬式へのこだわり、とは、いったい何であろうか。自分はそこには存在していない、というのが、この話の大前提のはずである。死んだ自分はそこには存在していない。自分がそこには存在していない事柄について、なんで人は気にするものだろうか。でもやっぱり気になるものは気になる。と、人は言いたくなる。しかし、自分の葬式には自分は存在していないという大前提を認めるなら、それを気にするのはやっぱりおかしい。正確には、それを気にすることは、できないのである。

それでもやっぱり嫌なものは嫌だ、あいつにだけは葬式に来てほしくない。と、どうしても人は言いたくなる。正しくこれが「人情」というものであろう。たとえ論理的にはそうであっても、そんなことは納得できない。さほどにまで、人には、自分が存在しないということが想像し難いのである。

そもそも、なぜわれわれは、葬式をするのだろうか。「死者を悼む」「死者を見送る」というのが、普通の言い方である。人はあまり気がつかないが、この言い方自体が、死者というものが「存在する」と思っているのでなければ、あり得ないものである。すると、死んだら存在しなくなるというもう一方の考え方は、どこから出てきたものだろう。

単純である。肉体が存在しなくなるからである。肉体という物《ぶつ》が、死んで死体となり、それは必ず消滅するからである。死ぬということが、死体になるということなら、なるほど人は死んだら存在しなくなる。

しかし、死ぬということと、死体になるということは、よく考えると同じことではない。なるほど他人にとっては、死ぬということと死体になるということは、同じことであるように見える。しかしそれは、「私は死んでいる」と死体は言わないということにすぎない。死んだ本人が死んで存在しなくなったのかどうか、生きている我々には、やはりわからないのである。

わからないからこそ、葬式をするのである。考えるほどに、死ぬとはどういうことなのか、その人は死んだのかどうか、わからなくなる。それで、わからない死を、わかったことにするために、葬式が要るのである。わからないのになぜそれが可能かというと、そこに死体があるからである。物としての死体がそこにあるから、それをもって、その人は死んだということに、とりあえず「する」のである。その意味では、死とは、社会的な決め事以外のものではない。それ以外に、死なんてものは、この世の中のどこを探しても存在していないのである。

このように、葬式とは、死んだ者の問題ではなくて、生きている者の問題なのである。当たり前のようだが、葬式を行うのは必ず残された者である。だから、自分がそれをするのでないのに、あんまりあーだこーだ言ってゆかれると、する方は困ることもあるだろう。葬式はするなというのなど、この種のわがままの最たるものかもしれない。みんなで集って悼むことで、その人は死んだんだという気持に、ようやくなれるものでもあろう。

科学的唯物論全盛の時代のソビエトにおいてすら、葬式が廃止されたということは、おそらくなかったはずである。人類において、葬送の発生は言語の発生よりも古いと聞くから、そんなことは当然である。死んだ者を前にして、何もしない、何も反応しないということが、われわれにはできないのである。なぜか。

生きている者が死ぬ、動いていた者が動かなくなるとは、驚くべきことだからである。いったい何が起こったのか。それが死なのだとは、全く話が逆であろう。

（平成十五年七月十七日号）

弔うとおっしゃるけれど――霊

八月は死者の月である。

原爆記念日、終戦記念日、暦のお盆で、人々が死者のことを想う月である。

ところで、毎年あれらの式典で、総理などの偉い人々が式辞を読む。「原爆の犠牲になった人々の霊を慰め」「戦争で亡くなった人々の霊を弔う」。

聞くたびに私は、妙な感じになる。言われている内容自体ではない。この人たちは、自分の言っていることをどこまで理解しているものだろうか。あるいはこれを聞く側は。それを考えると、いつも何とも妙な感じになるのである。

じっさい、そうではなかろうか。霊を慰め、霊を弔うとは誰でも言うが、その霊の何であるかを人は理解しているものだろうか。いやそもそも、そんなものが存在すると思って、人はそう言っているのだろうか。

「あなた、霊は存在すると思うか」。真正面から尋ねてみるなら、誰もが一瞬は答えに窮するに決まっている。誰か総理に質してみればよい。総理、霊を弔うとおっしゃるけれども、霊は存在するとお考えなのですか。もし存在しないとお考えなら、靖国参拝とはナンセンスな行為なのではないですか。

共産党なら、このように尋問することはできるはずである。しかし、科学的唯物論の流れを汲むこの政党ですら、このような反対表明の仕方など思いもよらない。どころか、戦没者は英霊ではないとすら言っている。国会で、誰も霊の存在証明に言及しようとしないのは、政教分離の建前のせいではない。そうは言っても、誰も親の墓参りには行っているからである。

こんなふうに気がついてみると、世の中とはかなり可笑しなものである。霊は存在するかと改めて問われれば、誰もが困る。なのに、日常生活では何ら困ることなく、誰もが霊の存在を認めている。それが何なのだか理解していないことを、しかし平気で、人は生きているのである。つまり、これを我々の常識という。常識は賢い。常識のすることは、我々のさかしらな理解を超えて誤たないのである。

ところで、それならあなたは霊の存在を認めるかと問われたとする。それなら私は、存在するとはどういうことかと問い返す。科学的に証明できるということが、それが存在することだとあなたは思うのか。

科学が証明できるものは物質に限られる。霊なんてものは、見えも触われもしないのだから、物質ではない。したがって、そんなものの存在を科学で証明できないのは決まっている。だからと言って、これは、その存在を信じるか信じないかということとも違う。

肉体ではないところの自分は物質ではないが、自分の存在を信じるか信じないかとは誰も問わないであろう。自分の存在は、科学による証明なんぞぬきで、誰もが頭から認めている。これは我々の大常識である。それなら、なんで死んだ人の存在ばかりが、特別扱いされることになるのか、逆に私は不思議である。霊の存在が、なんでそんなに不思議なことなのか。

霊の存在ばかりを不思議がる人は、自分が存在するということの不思議を知らないのである。そんなことは当たり前だと思っているのである。そうだ、当たり前だ、この当たり前の驚くべき不思議に、なぜあなたは気がつかないのか。

見えるか見えないかということが、不思議か不思議でないかの境い目であるらしい。それなら、見えるということの方は、なんで不思議なことではないのか。目があるのだから見えるのは当たり前だと思っているのである。しかし、なんだって、目なんてものがあって、なんだって、見える世界を見たりしているのか。これは全くとんでもないことではないか。

見えるものは何であれ存在するのである。夢ですら、存在しなければ見えないのである。ところで、目は閉じているのに見えているあれの存在を、なぜ人は不思議がることをしないのか。見えない幽霊の存在なんぞより、この方が私にははるかに不思議である。

（平成十五年八月二十八日号）

なんと自在でいい加減——神道

このところ、神社にハマッている。友人がその道の通なので、お伴してついて行くうち、その魅力に目覚めたのである。

明治神宮は天皇の神宮なので、お正月は神田明神、去年の旧正月には伊勢まで足を延ばしたし、その前には出雲にも詣でた。先日仕事で京都へ行った折にも、お参りしたのは神社ばっかり。神社はどこも気持がいい。

修学旅行でなければ物見遊山でしか、神社詣でなどしたことはなかった。しかし、月並みだけれども、この歳になって、形式的なことが好ましい。正月の初詣でから、暮れの大祓えまで、我々の生活の折ふしには、どうも神様がおいでなのらしい。それで神社など気になるようになった次第だが、行ってみてわかる神社の魅力、なぜ神社はかくも気持がいいのか。

清潔である。なんにもない。なにを教えるわけでもない。

もし「宗教」というものが、何らかのことを教えるということなら、神社は何も教えていない。じっさい、わが国の古神道には、教義もなければ教祖もない。とくに何を言っているというわけでもない。言っているのは、神々がここにいるという、そのことだけである。神々はここにいる。あとは自分でやれ。

だから神社の空間には、人じみたところがまるでない。人の気配がないのである。これが私などには気持がいい。これに比べれば、寺院や仏閣などが、いかに人の観念やら情念やら、教義やら権力やらによって構成されているものか、よくわかる。これが私などには、その意味でうっとうしい。

私は、仏教の中でも、禅というあの変てこな超宗教には、体質的に似たものを覚えるのだが、古神道は、ある意味で、あれに近いのではなかろうか。宗教学的定義は知らないが、教祖も教義ももたないあのようなありようも、やはり宗教と呼ぶのだろうか。だとしたら、わが国の古神道とは、なんと自在でいい加減な宗教だろう。そこが私などには、信頼できるのである。

じっさい、合掌して顔を上げたそこには、何もないのである。あるいは鏡があるのである。これは、すごいことではなかろうか。もし合掌して顔を上げたそこに、人の形の御本尊などいらっしゃれば、どうぞ我が身をお救い下さい。どうしたって人はそういう気持になる。しかし、おすがりしようにも、何におすがりすればいいのかよくわからない。そしたら人は、何もない空間のそこに、すべてがあることを認めるだろう。すべてがあるということは、何でもいいということである。救うも救われないも、もはやないではないか。

八百万の神々とは、言ってしまえば、アニミズムである。万物が神であるか、あるいは万物に神が宿っている。そしたらこの自分だって神であるか、何か神に近いものである。自分と神とは超越的に別物だとする、一神教的な無理がない。一神教の神様は絶対だから、その神様に救われなければ、人は絶対に救われない。どころか、追及されるか裁かれる。だから一神教の人々は、あんなふうに融通がきかないのである。

しかし日本の神様は、いい加減で無責任である。なにしろ、捨てる神があれば、拾う神もある。少々の罪ケガレは祓ってチャラにしてくれるのだから、じつにありがたい神々である。「ありがたい」とは、文字通り、このことを言うのでなかろうか。

せっかくこんなありがたい神々がおいでなのに、現代日本人は、そのことを忘れている。そうして、「心のよりどころを求めて」、奇怪な新興宗教に入れあげている。現代人の悲しさ、自分を超えたものを認める仕方がわからないのである。

自分を超えたものを認めるということは、本当に大事なことである。それのみが、我々の人生を豊かにする。認めるためには、特別な修行も勉強も要らない。万物が存在していることの不思議に、気がつくだけでいいのである。そしたら神仏の名前なんて、本当に何でもいいのである。

（平成十六年一月十五日号）

信じてはいけません——宗教

麻原彰晃は、とうとう最後まであんなふうだった。演技なのかホントなのか、いずれにせよ救い難い男であることは間違いない。あんな救い難い男によって救われると、信者たちは信じていたわけである。信じる方も信じる方だが、信じさせる方も信じさせる方である。何をもって「救われる」ことだと、彼らは信じていたのだろう。

話は変わるが、税金の季節である。こんな売れない物書きのところへも、税務署の眼はぬかりなく届いていて、帳簿をつけろと言ってくる。無体なことを言わないでほしい。私はその手の事柄、この世的なあれこれのこまごまが、本当に大っ嫌いなのである。面倒くさい。どうでもいい。隠すほどの金などないのだから、どうかほっといてほしい。

毎年この季節がやってくるたび、そのこと自体で憂鬱になる。そんなに物書きから取りたいのなら、不倫小説のベストセラー作家からでも、うんと取ればいいのである。あいうのは文字通りの遊興、人生の余興である。正当に税金の対象となるものである。しかし、私の文章はそうではない。人生そのもの、真理の言葉、ただ滅多に理解されないだけのことで、いずれ世のため人のためになるという自負がある。なのになんで、かの文章とこの文章が、税金において同じ扱いなのか。というこの真っ当な理屈が通用しないということ自体が、また癪にさわる。

それならいっそ、宗教法人にしてやろうかしらと、本気で考えたことがある。宗教として、世のため人のためになるものなら、税金はかからないらしい。もともと、神や宇宙やあの世的な事柄を考えるのが、得手である。少ないけれども、確実な愛読者の一群もいる。それらの人々とぐるになり、宗教団体をでっちあげるのである。聞くところによれば、教祖と教義と神殿があれば、それは成立するのらしい。なら神殿はここ、このおんぼろマンションの一室でよろしい。教祖は私、池田某、教義はと言えば、その団体名に象徴されている。名付けて、宗教法人「無神教」。

信じてはいけません。信じたらダメ、救われません。神は、ありません。と言って、ないのでもありません。ないということは、ありません。信じてはいけません。

冗談のように聞こえようが、これは真理である。真実の教義である。いやじっさいに、冗談ではないのである。神や宇宙やあの世的な事柄を書いているために、信者が出て来ませんかと問われることが時々ある。しかし、そんな人は未だかつて、一人として出て来ないのである。どころか、私の文章を読んで、正しくこれを理解した人は、必ず、信じることをやめる。やめて、そして「救われた」と言うのである。それなら私には、教祖としての資格は十分である。もしも信者が出て来たら、物書きとしての敗北だと、かねてより私は思い定めているのである。

物書き、広くは言葉の仕事である。先日は、とあるお寺の講演会に話をしに行った。

どういうわけか私は、お寺さんお坊さんによくモテる。演題はズバリ、「信じることと考えること」。

苦しみから救われるためには、信じなければならないと、皆さんは思われるでしょう。しかし、考えてもみましょう。苦しみを苦しみだと思うのは、なぜでしょうか。人生に意味はありやなしやと苦しむのはなぜでしょうか。それは、人生には意味があるものだと思っているからです。しかし、もしも、人生にはとくに意味は最初からないとしたら、どうでしょう。意味はありやなしやと苦しむこと自体が、ひょっとしたら、勘違いなのかもしれませんよ。

話しているうち、可笑しくなってきて、笑いをこらえるのに私は必死である。だって、宇宙があること自体、どう考えたって冗談みたいなものじゃないですか。

なのに、聴衆の皆さん、誰も笑わないのである。神妙なお顔で聴いているのである。「ありがたいお話」を聴き慣れている耳には、やっぱりかなり唐突だったんだろうな。

（平成十六年三月十八日号）

＊平成十六年二月二十七日東京地裁は、松本智津夫被告に死刑判決を下した。これまでの公判中も、へらへら笑ったり、訳の分からないことを口走ったりしたが、この日も大あくびをするなど、反省の色は全く見えなかった。

当たり前とは何であるか——再び宗教

オウム真理教に入信した若者たちの多くは、神秘体験に憧れてのことなのだそうだ。「神秘体験」とは何のことを言うのか、改めて考えてみると、私はよくわからなくなる。普通には、空を飛んだりオバケを見たり、何がしか日常的でない体験のことを言うらしい。だからそれを「超常現象」と言ってみたりもする。

しかし、超常を超常と言うためには、超常ではない常なること、当たり前のことの何であるかを知る方が、順序としては先である。そうでなければ、それを当たり前でないと言って、驚くことはできないはずである。

では、当たり前とは何であるか。我々誰にも共通し、誰もが知っている最も当たり前のこととは。

言うまでもない。世界が在るということである。あるいは、自分であるということである。さらには、人は生きて死ぬとか、陽はまた昇るとかいったことである。いかなる人生観いかなる世界観をもつ人であれ、これがそれら人生観世界観の元であるということは、否定しないはずである。我々すべての人間にとって、これよりも当たり前なことは、存在していないのである。では、この当たり前のこととは、いったい何であるのか。

私には、この当たり前のことの何であるのか、さっぱりわからない。いったい何だって、世界なんてものが在って、自分なんてものであるのか。生きて死ぬとはどういうことで、なんで宇宙はこうなのか、考えるほどに、いや考えなくたって、これはもう最初からさっぱりわからないのである。

なるほど、科学はそれらに答えめいたものを出しはする。しかし、宇宙はニュートリノで出来ていると言われても、なんでニュートリノなんてものが在るのかわからない。自分とは脳だと言われても、なんでその脳が自分であるのかもわからない。死体は見るけど、死なんてものは見たこともない。なのになんで人は死ぬと思っているものか。死などはないのに、なんで人は死後を云々できると思うのか。

最も当たり前のことこそが、最もわからないことなのだと気がつけば、超常現象なんてものは、存在しなくなるのである。「わからない」すなわち神秘、日常こそが、神秘である。世界が在ること、自分であること、そいつが生きて、そして死ぬこと、これら当たり前のことの全てが、驚くべき神秘の出来事である。日々刻々、この驚くべき神秘を体験しているというのに、なんでわざわざ別の所へ、神秘を体験しに行く必要があろう。空を飛んだのオバケを見たのなんてのは、この絶対的神秘に比べれば、オマケみたいなもんである。そんなことは、あってもなくても、どっちでもいいのである。オバケの存在に驚く前に、自分の存在に十分に驚いているものだろうか。

そういったどうでもいいことを神秘だと騒ぐ人々に対して、あんなものは神秘ではないと、躍起になって否定したがる人々もいる。それらは科学で証明できると。しかし、神秘ではないと否定したがるということは、やはり神秘だと思うからであろう。しかし、なんであんなものが神秘なのだ。科学で証明できるできないということと、それが神秘であるかないかということは、違うことである。科学で証明されたところで、世界が在ることの神秘が、神秘でなくなるか。

オウムに入信したのは、理科系の受験秀才が多かった。象徴的である。当たり前のことに驚き、これを考えるということをしないから、ああいうことになるのである。神秘体験に憧れた結果、倫理意識が欠落するのも、当然である。解脱することが目的であるなら、そんなものに執着するのは、本末転倒だからである。

先の項で私には教祖の資格が十分にあると、思わず本当のことを言ってしまったが、やはりこれは本当だと、書いてきて改めて思った。もし「悟りたい」などタワケたこと言ってくるヤツがいたらば、四の五の言わずに蹴倒してくれるもの。

（平成十六年三月二十五日号）

悲しみを恐れて愛することを控えるか——愛犬

十五年間慈しんできた愛犬が死んで、ちょうど一年になる。

もー悲しくて悲しくて、そのまま死んでしまうかと思った。むろん今でも十分に悲しい。そこに当たると、涙がダーと出てきて止まらなくなるツボがある。心の中のそのツボの位置を、それでもさすがにこの頃は心得てきた。普段はそこに触れないようにして心を動かすのだが、時折、今日は思いきり悲しもうというような日がある。そういう日は、思いきりそこを刺激して、思いきり涙を流す。これがじつに気持いいのである。悲しむということは、案外にいいものなのだということが、わかってきた。悲しみを楽しむというのか、そうこうするうちに、広い所に出られるようである。

たぶん、親が死んでも、これほどには悲しくない。親が死ぬのは順番だけれど、犬の寿命は十数年である。コロコロの仔犬の時から、ヨロヨロの老犬になるまで、人の七倍の速さで彼らは生き急ぐのである。後から来たのに先に往くということが、これを迎える者にはわかっている。彼らと我々の出会いの時間というのは、そういうことに決まっているのである。どうして犬の寿命はかくも短いのかと、愛犬家たちは嘆くのだが、しかしこれでいいのかもしれないのである。仮にこれが二倍であると想像してみよ。その別れの悲しみたるや、二倍ではすまないはずではないか。

死なれるのが悲しいから、犬猫は飼わないという主義の人も多い。この気持もよくわかる。けれども、悲しむことを恐れて、愛することを控えるというのは、せっかくの人生がもったいないような感じもする。どうせ死んでしまうのだから、生きるのは空しいことであるのかどうか。

愛犬はとても大きかったので、焼いてもやっぱり大きかった。骨壺は人のと同じサイズである。ペット霊園に入れる気はなかったから、持って帰ってきて、傍に置いてある。壺を入れる厚紙の化粧箱、折り返しがふたつ、三角の耳になっているので、それを耳に模して顔を描いた。長い鼻で笑っている彼の顔である。おかしなもので、こうすると、「彼がそこにいる」という気持に、確実になる。好物を供える。話しかける。そういう行為や心の動きを、少しも疑う気にならないのが不思議である。

ところが同時に、骨としてそこにいる彼に、「今どこにいるの」と問いたくなるのが抑えられない。骨の彼と、魂の彼とは、同じ彼ではないらしい。魂の彼は、肉体を離れたのだから、ここではない別のどこかにいるはずだからである。

ところで、私は今さりげなく、「魂」と言ったけれども、肉体が死んでのち、そんなものが本当に存在するのだろうか。「本当に存在するのか」という問い方を、多く人はするものである。しかし、この問いに答えるためには、まずこの「本当に」の意味から問わなければならないのである。

「本当に」ということが、肉体や物体が存在するようにということなら、魂は本当には存在しない。定義により、それは肉体が存在しなくなってのち、存在するものだからである。しかし、それならそんなものは存在しないかというと、そうとは言えない。「存在しない」すなわち「無い」ということなど、あるわけないからである。

死んでのち何も無いということなど、人はどうしても考えられないから、骨にすら話しかけたりするのである。なるほど、すべては、本当は無いものを在るとしている自分の心の投影なのかもしれない。しかしそれなら、必滅の肉体を本当に在ると思っているのもまた同じく、自分の心の投影であろう。肉体も世界も、この世の一切合財は、心が自ら作り出している幻影であろう。

「dog suit」という言い方が、愛犬家にはよくウケる。犬とは、犬の衣を着た魂なのである。むろんのこと、人もそう。老いて疲れた犬の衣を脱ぎ捨てて、私の彼は今いずこ。幻影でもいい。いずれ幻影である。会いたいなあ。

（平成十五年十月三十日号）

あの忠実さ、あの善良さ、そして情けなさ——再び、愛犬

愛犬を十五歳で見送って一年あまり、やっぱりまた飼ってしまった。同じ種類の同じ色、名前も同じに襲名したのは、歌舞伎役者にならったのである。先代の魂が入るに違いない。

愛犬を亡くして、ペットロス症候群に陥る人は多いらしい。私はそのようには深刻ではなかったけれども、その気持はわからなくはない。後から来たのに先に往くというのは、そのことだけで十分に悲しい。しかも、その間、彼らは、あなたなしでは私はとても生きてゆけないのでございますよ、馬鹿じゃないかというほどの忠誠を我々に尽くすのである。あの忠実さ、あの善良さ、そして情けなさ、これがもう犬好きにはタマラナイのである。ひょっとしたら自分の子より可愛いのである。そんな子供に先に往かれて、生きる支えがなくなったというのは、十分にあり得ることである。

私が二代目を飼おうと決心したのには、現実的な理由がある。気がねなく旅行に行けるというこの一年は、その意味で楽だったけれども、やっぱり犬のいる暮らしの楽しさには代え難い。しかも、私はどうしても大きな犬が好きなのだ。大型犬を飼うのには、相当の体力が不可欠である。若犬のうちの運動もさることながら、本当に大変なのは、

老齢期の介護である。

先代の最後の二年間がそうだった。足腰の弱った大型犬を、歩行バンドで吊り下げながら散歩する。寝たきりになってからは、床ずれ防止に日に何度もひっくり返すのだが、これがまた一苦労である。幸いにしてボケなかったけれども、各種の疾病で、オシッコ、ウンコは昼夜を分かたず、戦争のような日々である。私の方が倒れて入院したこともある。そんなことができるのも、こちらに体力があるうち、もし一頭十五年で計算すれば、次の犬が往生する時、私は六十前である。三頭目はあり得ない。六十をすぎて大型犬の散歩は無理である。それなら、飼うのは今しかない。

犬の寿命で人生を計るのは、飼う人は誰もやっている計算である。小型犬でも、自分が先に往くかと心配で、そう語る高齢者も多い。人間の伴侶よりも、伴侶だったりするのである。

久方ぶりの、愛犬を連れてのお散歩は楽しい。先代を亡くして後も、運動不足解消で一人で歩いてはいたけれど、なんだか間合いがとれなかった。匂いを嗅ぐのに立ち止まる、他の犬を見つけて駆けてゆく、そういう他愛ない犬の仕草が、結局はお散歩の楽しさだったのだと気がついた。

もうひとつの楽しみが、他の飼い主たちとの交流である。飼っている人ならわかることだが、毎朝毎夕同じ場所で行き合ったり集まったりするので、自然と顔見知りになる。しかし、見知っているのは実は犬の顔だけであって、犬を連れていなければ、お互いに誰だかわからない。名前なんて全然知らない。「〇〇ちゃんのママ」「××ちゃんのパパ」と呼び合う一種独特の紐帯である。

いやこれが時により、おそろしく愉快なのである。笑えるのである。「ママ」の場合はさほどでもない。秀逸なのが「パパ」である。先日も、斯界で「お散歩デビュー」と呼ばれる仔犬の顔見世のお散歩へ出かけた時のこと。厳しい感じの初老の男性が、自分の犬を連れていている。「よろしくね」、犬同士の挨拶をすませると、男性が口を開き、言うには、「アタチ、エリって言いまちゅ。どーじょよろちくね」。

まーどっから出してるのかというような裏声と、とろけるような笑顔でもって、愛犬の代弁をするのである。これが、けっこうな会社の、おっかない部長だったり社長だったりするわけである。そんな声そんな顔、どんな部下も金輪際知らないはずである。しかし、誰もこと愛犬のこととなると、必ずやこうなるのである。

堪えきれず噴き出してしまったのを、彼の犬を撫でることでごまかしつつ、改めて私は感動した。犬の力は、やっぱりすごい。人間の心を、完全に無防備にしてしまうのである。これはハマると、本当にいいものですよ。

（平成十六年五月六・十三日特大号）

あとがき

「週刊新潮」二〇〇三年五月一日号から、二〇〇四年六月三日号まで、「死に方上手」のタイトルで連載したものを集めたものです。順不同、内容ごとに括ってあります。

当初は、テーマをとくに人間の「死に方」もしくは「死」ということで始めたものですが、書いているうち、御覧のように、内容は人間の事象全般へと広がったものです。ちょっと考えればこれも当たり前のことで、人間の生すなわちこの世の中とは、我々の死を巡り死においてあるものに他ならない。とくにそうとは意識せずとも、誰もが必ず本当はそうだからです。

したがって、一読して如何に唐突に聞こえようとも、これらの耳馴れない言葉は、生きている全ての人に妥当するものなのです、一読して拒否しさえしなければ。

まあ、この世そのもののような週刊誌上で、そんなふうなあの世からの言葉に触れるのも、ある種の人生の妙味とも言えましょうか。連載の方は「人間自身」と改題し、現在も続いております。よろしければ、そちらの方も、御笑覧ください。

二〇〇四年六月

著者

41歳《さい》からの哲学《てつがく》

著者　池田晶子（いけだあきこ）

発行　2004年７月15日
25刷　2021年４月20日

発行者　佐藤隆信
発行所　株式会社新潮社
〒162-8711
東京都新宿区矢来町71
編集部 03-3266-5611
読者係 03-3266-5111
http://www.shinchosha.co.jp

印刷所　大日本印刷株式会社
製本所　大口製本印刷株式会社

装幀　新潮社装幀室

乱丁・落丁本は、ご面倒ですが小社読者係宛お送りください。
送料小社負担にてお取替えいたします。
価格はカバーに表示してあります。

ISBN978-4-10-400106-4 C0010